Sarah Zurmühle
Remember Every Scar

Das Kerzlein, erloschen hier
In Gottes Händen selig
Sein Lichtlein, das halten wir
In uns'rem Herzen ewig

Dieses Buch widme ich meinem Opi (1918-2016), der immer an mich geglaubt und mir die Kraft gegeben hat, meinem Herzenswunsch nachzugehen. Auch wenn er wusste, dass er es nicht mehr würde lesen können, hat er mir versprochen, mich während des gesamten Schreibprozesses zu begleiten. Dies hat er auch getan, wofür ich ihm unendlich dankbar bin.

Sarah Zurmühle

Remember Every Scar

Bibliografische Information der Deutschen Nationalbibliothek:
Die Deutsche Nationalbibliothek verzeichnet diese Publikation in
der Deutschen Nationalbibliografie; detaillierte bibliografische
Daten sind im Internet über http://dnb.dnb.de abrufbar.

Herstellung und Verlag:
BoD Books on Demand, Norderstedt

ISBN: 978-3-7431-3967-1

Inhaltsverzeichnis

1. Es ist, wie es ist (1)

„Vielen Dank, dass ihr alle so zahlreich erschienen seid. Wir haben uns hier heute versammelt, um uns von unserer geliebten Mutter, Tante, Grossmutter und, für die jüngsten unter euch, Urgrossmutter Maria Siebert Abschied zu nehmen. Für uns alle war ihr Tod ein grosser Schock, den niemand so plötzlich vorherzusehen vermochte, trotz ihres Alters von stolzen 97 Jahren. Wir alle verbleiben in Erinnerung an eine humorvolle, liebenswerte und selbstlose Person, die sich selbst nie zu wichtig nahm und durch ihre bescheidene Art ihre Angehörigen stets auf ihrer Seite zu haben wusste. Obwohl Maria bereits in jungen Jahren ihren Mann verlor und allein für ihre fünf Kinder sorgen musste, hielt sie fortwährend an ihrem Optimismus fest und verlor ihn auch nicht, als sich ihr Lebtag langsam dem Ende zuneigte. Kraft fand sie im Glauben an unseren Herrn, woraus sich auch ihr Lebensmotto ergab und dieses selbst in schweren Zeiten immer zu sagen pflegte: ‚Es ist, wie es ist. Gott hat es so gewollt, also werden seine Gründe auch legitim sein‘. Genau darum wollen wir dir, Gott, danken, dass du unsere Maria hast in Frieden gehen lassen und hoffen, dass sie nun bei dir im Himmel die Unbekümmertheit und Freiheit zu spüren bekommt, welche ihr in ihrem irdischen Leben weitgehen enthalten wurden. Lass unsere Erinnerungen an sie auf uns wirken und sie für immer in unserem Herzen behalten. Im Namen des Vaters, des Sohnes und des Heiligen Geistes, Amen.“

Der Regen prasselte gegen die Windschutzscheibe, als meine Mutter sachte das Auto vom Parkplatz der Kirche lenkte und in die Strasse einmündete. Das Grau des Asphalts widerspiegelte sich in der trüben Atmosphäre, welche sowohl draussen als auch in unseren Gemütern herrschte.

Mein Blick war starr aus dem Fenster in die Ferne gerichtet, ohne einen bestimmten Punkt zu fokussieren. Kein Geräusch war zu vernehmen ausser dem Scheibenwischer, der sich gleichmässig hin und her bewegte. Auch das Radio war an diesem Tag unüblicherweise ausgeschaltet und selbst mein älterer Bruder Mike, der ansonsten wie ein Wasserfall vor sich hin quasselt bis die Ohren zu überhitzen drohen und mit seinen belehrenden Vorträgen einem tierisch auf den Wecker gehen kann, schwieg. Er bewegte sich bloss mit geschlossenen Augen im Takt der Musik, welche aus den Kopfhörern seine Sinne berieselte. Dies tut er immer, wenn er innerlich aufgewühlt ist und unmissverständlich signalisieren will, dass Störungen jeglicher Art unerwünscht sind.

Daneben ertönte bloss noch ab und an das Blättern der Zeitung vom Beifahrersitz, dessen Geräuscherzeuger niemand geringerer als mein Vater war.

Dies erinnerte mich daran, dass wir mal vor einigen Jahren nach Frankreich in die Sommerferien gefahren waren und ich aus Langeweile in einem Kinderbuch schmökern wollte, mir jedoch bereits nach wenigen Seiten schon so schlecht geworden war, dass sich der Rest der Fahrt (ich spreche hier immerhin von vier Stunden!) zum reinen Albtraum entpuppt hatte. Seither hatte ich es unterlassen, meinen Sinnen jegliche Unterhaltung zu gönnen und mich gezwungenermassen damit abgefunden, als einzige der Familie mürrisch und total unterbeschäftigt im Auto zu hocken und im wahrsten Sinne des Wortes die Zeit abzusitzen.

Immerhin bot sich somit genügend Raum, meinen Gedanken freien Lauf zu lassen und über das Leben zu sinnieren. Gedankenfutter lieferte mein Leben reichlich.

Ich besuchte nämlich das Wirtschaftsgymnasium einige Dörfer von mir entfernt und man könnte darum annehmen, ich führte das belanglose Leben eines gewöhnlichen Schülers. Hatte ich bisher ja auch getan. Jedoch machte sich seit geraumer Zeit immer mehr das Gefühl in mir breit, dass sich etwas verändert hatte. Gewiss durchlebt jeder mal Phasen, wo man am liebsten den Bettel hinschmeissen würde und sich in ein Loch verkriechen möchte, wenn der Alltag nicht den Vorstellungen gemäss abläuft. Doch darauf folgen auch wieder Zeiten, in denen man nur so von wieder aufkeimenden Euphorie strotzt und keine Hürde zu gross zu sein scheint. Doch genau diese Phase blieb bei mir schon längere Zeit aus. Ganz unschuldig war ich an dieser Situation nicht, jedoch kann man einem 14-jährigen Mädchen, wie ich es vor einem Jahr gewesen war, keinen allzu grossen Verstand einräumen.

Ich hatte zwei reibungsfreie Jahre hinter mir in einer Klasse voller Harmonie, in der alle zusammengehalten und dazu beigetragen hatten, die gemeinsame Zeit so unterhaltsam wie möglich zu gestalten. Keiner war ausgeschlossen worden, jeder hatte einen gleichwertigen Teil der Gemeinschaft dargestellt.

Doch bei nahendem Ablauf dieser Zeit war dieser idyllischen Eintracht ein herbes Ende gesetzt worden, da es nun gegolten hatte, sich für ein Profil einzuschreiben für die kommenden vier Jahre. Genau an diesem Punkt hatte das Unheil seinen Lauf genommen, weil sich meine Präferenzen von der Mehrheit meiner Altersgenossen unterschieden hatten.

Denn seit ich denken kann, haben Sprachen mich fasziniert. Bereits als Kind hatte ich ein grosses Interesse an Buchstabenspielen gepflegt und stets dem Wissensstand meines Bruders nachgeeifert, der vier Klassenstufen über mir war. Im Alter von elf Jahren hatte ich bereits die lateinischen Konjugationen intus gehabt, sehr zur Belustigung aller Aussenstehenden, da ich noch nicht einmal von der Existenz der Römer überhaupt Bescheid gewusst hatte.

Demzufolge war es auch nicht verwunderlich, dass meine Wahl ganz klar dem neusprachlichen Profil zugefallen wäre, nicht zuletzt wegen der Tatsache, dass meine Grosseltern zwanzig Jahre lang in Mexiko gelebt hatten und Spanisch somit einen wichtigen Teil meiner Familiengeschichte ausmacht.

Jedoch hatte sich in meinem Jahrgang ganz offensichtlich der Trend für Wirtschaft etabliert, denn niemand aus meinem Bekanntenkreis hatte mein Interesse geteilt. Ich war also vor die schwierige Situation gestellt worden, entweder meinen Freunden oder meinem Herzen zu folgen. Klar, jeder würde jetzt vermutlich sagen, dass solche Entscheidungen unabhängig vom sozialen Umfeld getroffen werden müssen, da dieses für die eigene Zukunft nur einen geringfügigen oder gar keinen Einfluss nimmt. Auch ich bin mir dessen bewusst und war es schon damals, jedoch war mein Urteilsvermögen diesbezüglich etwas getrübt gewesen, da ich eher skeptisch bin, was neue Klassenkonstellationen anbelangt.

Seit ich in die Schule gehe, habe ich gute Noten erzielt. In der Unterstufe mochte dies den Mitschülern noch relativ egal gewesen sein, da dort noch keine allzu grossen Leistungsunterschiede bestanden hatten, und, da das Spielen im Vordergrund gewesen war, noch andere Prioritäten gesetzt worden waren. Doch sobald der Übertritt in die Mittelstufe erfolgt war, hatte sich dies schlagartig geändert. Das persönliche Ansehen hatte eine höhere Stellung angenommen, es hatte sich in der Klasse zu behaupten gegolten und hervorzustechen, um nicht unterzugehen. Gute Noten, eine Brille, ein schüchternes Wesen und Unsportlichkeit waren dabei natürlich fehl am

Platz gewesen, alles Eigenschaften, welche mich perfekt beschrieben hatten.

Ich kann es mir noch heute nicht erklären, wie es zu den giftigen Bemerkungen und gezielten Gesten gekommen war, welche mir das Gefühl geben sollten, minderwertig zu sein und nicht ins Konzept der „Beliebten" zu passen. Denn ich war stets zurückhaltend mit meinen Noten umgegangen und hatte mich auch nie in die Rolle eines belehrenden „Besserwissers" versetzt. Doch diese lieb gemeinten Gedanken waren von manchen Neidern genau richtig interpretiert worden und hatten sie dazu veranlasst, meine Schwachstellen anzugreifen. Natürlich kann ich jetzt im Nachhinein sagen, dass dies lediglich das infantile Verhalten vorpubertärer Kindergewesen war. Selbst wenn ich mittlerweile über den Dingen stehe, würde ich dennoch behaupten, dass es mich in gewisser Weise geprägt und bestimmt auch meinen Spürsinn gegenüber meiner Mitmenschen verfeinert hatte.

Doch damals mit 14 Jahren war ich noch deutlich unsicherer, sodass ich mich letztendlich für die Richtung meiner Freunde entschieden hatte, getrieben von der Angst, dass mir allenfalls die Rolle des klassischen Aussenseiters wieder zufallen könnte. Etliche Alarmrufe meiner Familie hatte ich dabei ignoriert. Und genau aus dieser Entscheidung resultierte die Situation, über die ich nun im Auto wie auch sonst immer und überall reflektierte.

Mittlerweile hatte sich nämlich herausgestellt, dass ich eindeutig einen Fehler begangen hatte, da weder die Schule stofflich Begeisterung in mir erwecken konnte, noch waren meine Freunde das, was sie einmal gewesen waren.

Die Rede ist von einer „Mädchenclique", wie man es nennen könnte, welche mit mir vier Teilnehmer zählte. Was hatten wir nicht schon lustige Momente miteinander erlebt, Geheimnisse einander anvertraut und gemeinsame Pläne für die waghalsigsten Projekte geschmiedet, welche wir natürlich schlussendlich dann doch nicht umgesetzt hatten.

Verständlicherweise wollte ich dies nicht aufs Spiel setzen, so schlimm konnte es ja wohl nicht sein, vier öde Wirtschaftslektionen mit all ihrer trockenen Theorie hinter mich zu bringen, hatte ich mir gedacht. Zudem hätte ich Spanisch ganz einfach nach meiner Grundausbildung nachholen können, das Angebot an Sprachkursen heutzutage ist mehr als ausreichend.

Meine Überlegungen wären mit ein paar Abzügen demnach mehr oder weniger einwandfrei aufgegangen, wenn die Tatsache nicht bestanden hätte, dass zwar alles Organisatorische somit geplant war, ich aber über mein Umfeld keine Oberhand hatte. Besonders im Jugendalter sind Persönlichkeiten genauso beständig wie ein Schneemann bei steigernder Wärme, wenn sich die Sonne plötzlich an den Himmel emporkämpft und die eingefrorene Landschaft unter ihr mit ihren sanften Strahlen kitzelt. Bei Wiedereintritt der nächsten Kälteperiode ist der Schneemann bereits nicht mehr vom Rest seiner Umgebung zu unterscheiden und wartet darauf, erneut von einem Kind zusammengesetzt zu werden, er wird jedoch niemals wieder derselbe sein wie zuvor.

Genau nach diesem Prinzip verwandeln auch wir Menschen uns unter sich verändernden Umständen. Als Katalysator dieser Veränderungen kann an die Stelle der Sonne alles Mögliche treten, in meinem Fall war es eine neue Klasse mit ebenso neuen Lehrern. Jeder verspürt in solch einer Situation den Drang, sich von der Masse hervorzuheben und als „neuen Schneemann" wieder über sich selbst hinauszuwachsen. Dabei kämpft jeder für sich allein, niemand möchte am Boden zurückbleiben. Wer sich dem Wettkampf nicht gewachsen fühlt, wird automatisch von dieser Rolle eingeholt werden, und das war in diesem Fall ich.

Ein Rütteln riss mich aus meinen Gedanken. Ich sah, dass wir bereits in der Einfahrt unseres Hauses eingetroffen waren.

„Alle Mann aussteigen, bitte, wir sind soeben gelandet!", posaunte mein Vater, der es nie unterlassen kann, aus möglichst jeder Situation einen schlechten Witz zu machen.

Grummelnd pellten sich mein Bruder und ich von der Rückbank und warteten stumm auf meine Eltern, bis sie das Auto in der Garage untergebracht hatten. Ebenso schweigsam schlurften wir anschliessend die Treppen zu unserem Haus hinauf (77 Treppenstufen um genau zu sein, als Kind hatte ich sie auf dem Schulweg oft genug gezählt).

Oben angekommen, verkrümelte ich mich umgehend in meinem Zimmer. Am nächsten Tag würde ich eine Physikklausur schreiben und ich musste meinem Gewissen wenigstens das Gefühl geben, als ob ich versucht hätte zu lernen, Motivation dazu hatte ich hingegen schon lange keine mehr.

Als ich bereits im Bett lag, klopfte es an meiner Zimmertür. Ohne eine Antwort von mir abzuwarten, öffnete sich diese gleich danach und der Lockenkopf meiner Mutter erschien im entstandenen Spalt.

„Darf ich reinkommen?", fragte sie dennoch.

Ich richtete meinen Blick wortlos wieder an die Decke, doch das schien für sie Aufforderung genug zu sein, um nun vollständig in den abgedunkelten Raum zu treten. Sie setzte sich auf die Bettkante und legte ihre Hand sanft auf meinen Kopf, um meine Haare leicht zu kraulen.

„Ich weiss, es ist im Moment eine schwierige Zeit für dich, Leonie, aber nach jedem Tief folgen auch wieder schöne Zeiten, in denen du dich mit neuer Energie und Lebensfreude wieder stärken kannst. Wie du heute gehört hast, hat deine Urgrossmutter viel einstecken müssen in ihrem Leben, aber dennoch hat sich immer wieder alles zum Guten gewendet. Es ist wie es ist, und auch wenn dir der Sinn dahinter jetzt noch unbegreiflich zu sein scheint, wirst du daran wachsen und gestärkt durchs Leben gehen können. Und du weißt, dass wir immer für dich da sind."

Sie blickte mich mit ihren grossen, braunen Augen an und lächelte. Ich erwiderte kurz ihren Blick, sagte aber nichts, ich nickte lediglich mechanisch mit dem Kopf. Ich mochte nicht darüber reden.

Meine Mutter verharrte noch eine Weile in ihrer Position, stand dann aber auf und drückte mir einen Kuss auf die Stirn, bevor sie das Zimmer verliess.

Ich schloss die Augen, obwohl ich ohnehin wusste, dass ich nicht würde schlafen können. Ich konnte ihr einfach nicht glauben.

2. Der endlose Tunnel

Das lang ersehnte Klingeln erlöste mich endlich vom langweiligen Geschichtsunterricht bei meinem noch viel langweiligeren Lehrer. In seinen öden beigefarbenen Klamotten, seinem kleinen Kopf, der ihm auf merkwürdige Weise das Aussehen einer Schildkröte verlieh, und seiner monotonen Redensart hätte er problemlos eine Therapiegruppe für schlafgestörte Patienten leiten können. Seine Erfolgschancen hätten garantiert bei hundert Prozent gelegen. Schlaftrunken kramte ich meine Unterlagen zusammen und stopfte sie lieblos in meine Tasche.

Da die Doppelstunde Sport an diesem Tag ausfiel, hatte ich nun drei Stunden Mittag.

Normalerweise wäre ich sonst bei einer so langen Pause nach Hause gegangen, da mein Schulweg gerade mal fünfzehn Minuten betrug, doch ich hegte immer noch einen winzigen Rest an Hoffnung, dass eine intensive „Mittagsphysikstudie" mein zu erwartendes Prüfungsresultat etwas aufbessern konnte.

Deshalb hatte ich mich dafür entschieden, die Wartezeit in der Schule abzusitzen zusammen mit meinen „Kolleginnen", wie ich es verständlichkeitshalber zu sagen pflegte.

Die eben Genannten hatten bereits das Zimmer verlassen, „warten" war für sie ein Fremdwort.

Ich ärgerte mich einmal mehr über mich selbst, dass ich immer so langsam war beim Zusammenräumen wie auch bei sonst allem, was ich tat, womit ich auch meine Familie oft genug zur Weissglut trieb. Mit etwas Verzögerung schulterte ich meine Tasche und eilte den anderen hintennach.

Als ich sie schon beinahe eingeholt hatte, drangen ein paar Wortfetzen ihres offensichtlich angeregten Gesprächs zu mir:

„Ach ja, diese Szene fand ich auch so toll, endlich hat sie ihm ihre Schwangerschaft gestanden", schwärmte Anastasia und warf dabei aufgeregt ihre schwarzen Haare über die Schulter.

„Ja, aber wenn sie gewusst hätte, dass er sie am Tag zuvor mit ihrer besten Freundin betrogen hatte, hätte sie es ihm mit Sicherheit nicht gesteckt. Also ich würde von so einem Idioten kein Kind mehr haben wollen!", ereiferte sich auch Nina, die mindestens einen Kopf kleiner war als sie und auch sonst mit ihrem kindlichen, runden Gesicht problemlos als Siebtklässlerin durchgegangen wäre. Ihrem Temperament tat dies aber keinen Abbruch, sie war mit Abstand die Vorlauteste von allen. Die Sommersprossen um die Nasenpartie herum, welche bei jeder ihrer Bewegungen stets herausfordernd aufblitzten, unterstrichen ihr spitzbübisches Aussehen.

Die Dritte im Bunde, Julia, nickte zustimmend, trug selbst aber nichts zur Unterhaltung bei, da sie eher von der zurückhaltenden Sorte war. Dafür bürstete sie fast ununterbrochen ihr ohnehin völlig glattes, aschblondes Haar, welches schlaff herunterhing und somit auch das letzte bisschen Volumen zerstört wurde.

Ich stiess einen genervten Seufzer aus. Nicht schon wieder diese gefühlsduselige, übertriebene und total an der Realität vorbeigezogene Seifenoper, welche mit ihrem Namen „Mitten im Leben" bereits Bände sprach über ihren gehaltlosen Handlungsverlauf.

Wenn ich auch nur für einen Bruchteil einer Sekunde diesen kitschigen, weissen Schriftzug auf pinkem Hintergrund im Fernseher erblickte, spürte ich bereits, wie sich die Galle ihren Weg nach oben bahnte. Ich hatte wirklich nicht mal den Hauch einer Ahnung, wie man Gefallen daran finden konnte, irgendwelchen schlechtausgebildeten Schauspielern dabei zuzusehen, wie alle nacheinander miteinander ein Verhältnis haben, was aber unter keinen Umständen je einer erfahren dürfte, und dennoch plappert es jeder seinem ach so vertrauenswürdigen Freund aus.

Umso erstaunlicher ist es natürlich, wenn anschliessend die Verlobte trotzdem davon Wind kriegt und aus Rache mit eben Genanntem als super durchdachten Schachzug ebenfalls eine Liaison eingeht. Der Höhepunkt kommt natürlich aber erst dann, wenn sie von diesem noch schwanger wird, obwohl sie sich in einer finanziellen Notlage befindet und mit ihrem Gehalt für den Spitalaufenthalt ihrer kranken Mutter aufkommen muss.

All diese spannenden Geschichtchen, welche schon beinahe an Inzest grenzten, wurden jeden Abend eine ganze Stunde lang ausgestrahlt und bereiteten einem breiten Band von hirnlosen Flachpfeifen Freude.

Von diesem Virus infiziert waren leider auch meine drei Kolleginnen, die über nichts anderes mehr reden konnten und mit ihrem Gequasel an meinem Geduldfaden zogen, der bereits erste Rissspuren aufwies.

Ich hatte wirklich mein Bestes gegeben, mich ihnen anzupassen und ihre Begeisterung zu teilen, aber jeder meiner Versuche scheiterte kläglich.

Egal wie gemütlich ich mich vor dem Fernseher einrichtete und mit welchen Snacks ich mich dort zu bleiben zwang, es half alles nichts. Immer lag irgendein Buch in der Nähe, dessen Cover mir verheissungsvoll in die Augen sprang oder ein Sudoku, das gelöst werden musste. Sogar ein dicker Käfer, der träge die gegenüberliegende Wand hinaufkrabbelte, erweckte mein Interesse mehr als dieses Kasperltheater.

Anfangs erntete ich deswegen noch mitleidige wenn nicht sogar abfällige Kommentare von den anderen, doch mittlerweile gingen sie gar nicht mehr erst darauf ein. Wenn ich mich ihnen nicht annehmen wollte, hatte ich nichts zu sagen, so lautete das unausgesprochene Gesetz und alle Beteiligten hatten sich daran zu halten. Also hüllte ich mich wie auch sonst immer in Schweigen und hielt mich etwas im Hintergrund.

Ich senkte meine Augen, was mir den Blick auf den grauen, körnigen Bodenbelag freimachte.

Alle paar Meter befanden sich halb verwelkte, vermutlich mal grün gewesene Zimmerpflanzen in vergilbten Tontöpfen, die ihren Zweck zur Auffrischung des Gebäudes verfehlten und die vorherrschende Trostlosigkeit und Kargheit unterstrichen. Mittels eines missratenen Versuchs, dem Ganzen doch noch etwas Farbe zu verleihen, waren sämtliche Türen und Fensterrahmen in Babyblau gestrichen worden, was ich aber eher als Geschmacklosigkeit statt Stimmungsaufhellung einstufen würde. Insgesamt reflektierte diese Gesamterscheinung jedoch perfekt die Mentalität dieser Schule, da die Lehrer ebenso kühl daherkamen wie dieser Anblick.

Nur schon die Tatsache, dass wir Schüler uns zu Lektionsbeginn beim Eintritt des Lehrers allesamt mechanisch erheben und diesen in monotonem Singsang willkommen heissen mussten, stammte mehr als aus der Vorkriegszeit.

Ich hatte damit schon längst aufgehört und kniete mich lediglich auf die Sitzfläche meines Stuhls, auch wenn ich dafür oft genug böse Blicke erntete, doch mehr Ehrfurcht konnte ich denen beim besten Willen nicht entgegenbringen. Die Konservativsten unter ihnen weigerten sich doch tatsächlich, den Unterricht zu starten, ehe alle gepflogen und sittengemäss in Reih und Glied vor ihnen standen und eine erwartungsvolle Miene aufsetzten. Ein Wunder, dass sie von uns nicht noch gar einen Hofknicks verlangten.

Belustigt von dieser Vorstellung stiess ich unwillkürlich ein unterdrücktes Kichern aus.

„Was gibt es denn da zu lachen? Manchmal bist du echt geschmacklos, es gibt nichts, was an dieser Situation witzig sein könnte.", keifte mich Nina an, ohne dass ich eine Ahnung hatte, was gerade vor sich ging.

„Ähm, sorry... Ich ähm... habe euch gar nicht zugehört, ich habe eben an etwas anderes gedacht", versuchte ich die Lage zu entschärfen, doch damit hatte ich genau das Gegenteil bewirkt.

„Na, wenn dich unser Gespräch so anödet, dann geh' doch woanders hin!", fiel mir nun auch Anastasia in den Rücken. Ich starrte die beiden fassungslos an, jegliches weitere Worte zur Beschwichtigung blieb mir im Hals stecken.

„Tz, jetzt schweigt sie wieder, typisch", schnaubte Nina verächtlich und drehte sich um, die beiden anderen taten es ihr gleich.
Unschlüssig folgte ich ihnen, auch wenn ich genau wusste, dass ich offensichtlich nicht erwünscht war. Doch wo hätte ich sonst auch hingehen sollen, alleine in einer Ecke zu hocken stellte ich mir noch viel ungemütlicher vor als diese Zickereien.

Die drei waren soeben an einem freien Tisch in einer Nische des Gangs angekommen und setzten sich. Natürlich waren nur exakt drei Stühle vorhanden, es wäre ja zu viel verlangt gewesen, wenn sich das Schicksal mir gegenüber auch nur einmal als gütig erwiesen hätte. Ungerührt dessen, dass ich ziemlich verloren daneben stehen blieb, griffen sie ihr althergebrachtes Thema wieder auf. Keine würdigte mich mehr eines Blickes. Sie auf mich aufmerksam zu machen traute ich mich aber nicht.

Ich machte also auf dem Absatz kehrt und steuerte das Ende des Ganges zu, von wo wir gerade gekommen waren. Meine Beine fühlten sich an, als wären sie in den letzten Minuten zu tonnenschwerem Blei geworden.

Wie oft hatte ich diese Tortur in diesem Jahr schon über mich ergehen lassen müssen. Ständig wurde ich aus heiterem

Himmel zur Zielscheibe erkoren, auf die mit giftigen Pfeilen so lange geschossen wurde, bis sie endlich ins Schwarze trafen. Wahrscheinlich lag das Problem wirklich an mir, möglicherweise war ich dazu geboren worden, die Wut und Unzufriedenheit meiner Mitmenschen auf mich projiziert zu bekommen. Lieber eine stark Verletzte als eine Menge von leicht angeschlagenen Personen, war wohl die Überlegung dahinter. Auf diese kam es dann nicht mehr drauf an, schliesslich besitzt jeder Plan seine Schwachstellen, damit musste man einfach leben, auch ich hatte mich zu arrangieren. Dies war jedenfalls die einzige Erklärung, die ich mir selbst hätte geben können, und selbst die war völlig absurd.

Wenigstens entdeckte ich wie erhofft an einem anderen Tisch einen unbesetzten Stuhl. Auch wenn eine gewaltige Kraft in mir sich aufbäumte und sich sträubte, mich wieder zu den anderen zu bewegen, ergriff ich dessen Lehne und kehrte zu ihnen zurück.

Als ich mich schliesslich zaghaft niederliess, zeigten die anderen nach wie vor keine Reaktion. Lediglich Anastasia erwischte ich dabei, wie sie mir flüchtig einen ziemlich undefinierbaren Blick zuwarf, wohl irgendeine Mischung aus prüfender Neugier und einem Anflug von Feindseligkeit. Auf jeden Fall sollte er mir ein schlechtes Gefühl vermitteln, und das war ihr mit Bravour geglückt.

‚Bleib stark, Leonie, lass dich nur nicht so leicht beirren, bestimmt malst du dir alles nur wieder viel schlimmer aus, als es in Wirklichkeit ist’, versuchte ich mich selbst zu beruhigen, jedoch ohne wirklichen Erfolg.

Mein Appetit war mir jedenfalls gründlich vergangen. Ich würde mein Brötchen wohl einfach auf dem Nachhauseweg essen, sonst machte sich meine Mutter bloss wieder Sorgen.

Wie auch immer, jetzt musste ich jedenfalls dieses dämliche Physikthema durchkauen, sonst hätte ich gar nicht erst in der Schule zu bleiben gebraucht.

Ziemlich mutlos holte ich meinen Ordner raus und schlug die Seite auf, die ich mit einem Post-it markiert hatte. „Wurfbewegungen", was für ein bescheuertes Thema. Wer zur Hölle verspürte jemals in seinem Leben den Drang, den Abwurfwinkel und die Geschwindigkeit eines geworfenen Gegenstandes zu berechnen!
Selbst wenn ich so bestimmen könnte, wie ich das Kerngehäuse eines Apfels werfen musste, dass ich genau den Abfalleimer treffen würde, wäre ich ohnehin viel zu unfähig gewesen, dies dann auch in die Realität umzusetzen. Jegliche Praxistauglichkeit blieb also aus. Aber alles Gemecker nützte ja doch nichts, meiner Zeugnisnote war der Entstehungshintergrund jedenfalls relativ egal. Missmutig widmete ich mich der ersten Aufgabe:

„Finsteres Mittelalter: Brunhilde ist in der obersten Turmkammer an einen Pfahl gekettet. Ritter Kunibert will sie befreien. Sie wirft ihm durch das offene Fenster in der Höhe h ihren geheimen Zweitschlüssel der Turmtür zu. Er fliegt waagrecht durchs Fenster mit einer Geschwindigkeit v. In dem Augenblick, in dem der Schlüssel durch das Fenster fliegt, sprinten Kunibert vom Fusse des Turmes los, um den Schlüssel aufzufangen.
Mit welcher konstanten Beschleunigung muss Kunibert sprinten und welche Geschwindigkeit hat er, wenn er den Schlüssel fängt?"

Konsterniert starrte ich auf das Blatt, von dem dieser nicht gerade verheissungsvolle Text stammte.

Da hatte tatsächlich jemand den Nerv gehabt, diese Aufgabe zu einem hübschen Märchen zu verdichten, für einen dezenten Lösungshinweis hatte dann aber die Kreativität natürlich nicht mehr ausgereicht.

Egal, denen konnte ich sowieso nicht mehr helfen, das Mittelalter gehörte definitiv schon zu lange der Vergangenheit an.

Ich startete daher einen zweiten Versuch, vielleicht würde ich ja nun von meiner ersehnten Erleuchtung heimgesucht werden:

„Ausgerechnet am Wochenende, wo Sie ausschlafen können, werden Sie um sechs Uhr von lauter Musik geweckt. Sie kommt aus einem gegenüberliegenden, geöffneten Fenster. Die Häuser sind in einem Abstand x voneinander entfernt, das andere Fenster liegt um die Strecke y tiefer als Ihres. Mit welcher Geschwindigkeit müssen Sie einen Pantoffel waagrecht aus dem Fenster werfen, damit er mitten durch das andere Fenster fliegt?“

Pustekuchen, das konnte nur ein schlechter Scherz sein! In solch einer Situation half man sich doch einfach mit Ohropax aus. Was nützte es schon, mit Pantoffeln umherzuschmeissen, wenn sie nicht einmal in der Lage waren, dem Nachbarn mein Anliegen zu bekunden? Sprechen konnten Hausschuhe meines Erachtens auch in unserem fortgeschrittenen Zeitalter noch nicht.

Verzweifelt schlug ich die Hände über dem Kopf zusammen. Auch wenn ich alle Formeln zu diesem Thema in und auswendig konnte, hatte ich wirklich nicht einmal den leisesten Hauch einer Ahnung, wie ich vorgehen musste.

Durch meine Geste aufmerksam geworden, blickte Nina zu mir rüber und höhnte: „Oh, seht mal wie vorbildlich, Leonie ist bereits am Lernen."

„Nun ja, wenn ich es mir recht überlege, hätte ich es auch dringend nötig, wir können später weiter quatschen", räumte Julia etwas verlegen ein.

Anastasia, deren Vater im Übrigen Physik studiert hatte, rollte genervt mit den Augen. In diesem Moment hätte ich ihr am liebsten eine reingehauen. Nicht jeder war wie sie ein verwöhntes Einzelkind, dem alle Aufmerksamkeit beider Elternteile zuflog und nach Belieben jeder Zeit private Nachhilfestunden vom Herrn Papa höchst persönlich erteilt wurde. Dementsprechend hochnäsig rühmte sie sich auch mit ihren logischerweise hervorragenden Noten, erwähnte in diesem Zusammenhang ihren Vater jedoch nie. Ihr zufolge habe sie seine Intelligenz einfach in die Wiege gelegt bekommen. „Boah, das ist echt sauschwierig, kannst du mir vielleicht mal eine Aufgabe erklären? Vielleicht kann ich dein Vorgehen dann auch auf die folgenden übertragen", stöhnte Julia auf, die genau wie ich auf Kriegsfuss mit diesem Fach stand.

Anastasia setzte eine leidende Miene auf, es war jedoch nicht zu übersehen, wie sehr sie die Anerkennung und die Rolle der Retterin ihrer minderbemittelten Untertanen genoss. Da sie diese nun wieder ausleben durfte, fuhr sie das volle Programm der selbstlosen Mutter Theresa aus.

„Aber natürlich, ich helfe dir doch immer gerne. Was verstehst du denn nicht?", zwitscherte sie in übertrieben freundlichem Ton. Julia deutete mutlos auf eine Stelle von ihrem Blatt, das vor ihr lag.

Dezent beugte auch Nina ihren Kopf zu ihnen rüber. Sie verstand wohl ebenso wenig wie wir, nur würde sie es niemals so offenkundig zugeben.

So hielten die drei ihre gemeinsame Lerneinheit ab, obwohl ich erst wenige Minuten zuvor deswegen verspottet wurde. Die Logik dahinter verstand ich ebenso wenig wie die Tatsache, weshalb ich von diesem Geschehen wieder ausgeschlossen wurde. Trotzdem wollte ich es nicht unversucht lassen, mich in die Runde einzufügen, da ich es sonst andernfalls nach einer verpatzten Prüfung bereut hätte.

Ich wartete einen günstigen Moment ab, in dem gerade keine der dreien sprach, und fragte im liebsten Ton, den meine Stimmbänder hergaben:

„Du Nasti (alle nannten sie bei diesem Spitznamen), hättest du vielleicht auch kurz Zeit für mich? Ich verstehe beide Aufgaben auf Seite 9 nicht."

Ich deutete auf das Blatt, das ich vorhin erfolglos studiert hatte, doch sie schaute gar nicht erst hinüber, sondern meinte bloss kurz angebunden:

„Jaja, jetzt warte doch mal, siehst du denn nicht, dass ich gerade was am Erklären bin? Hättest sonst hier zuhören können, aber an Gruppengesprächen scheinst du ja nicht sonderlich interessiert zu sein."

„Doch doch, natürlich, aber ihr seid nicht bei der Seite, die ich meine", druckste ich herum. Meine Vorahnung hatte sich wieder einmal mehr als richtig erwiesen. Anstatt eine Antwort zu geben tauschte sie mit Nina wieder diesen typischen Blick aus, den sie nur in Bezug auf mich aufsetzten.

Dies allein hätte mich nicht weiter verwundert, da ich daran gewöhnt war.

Als ich sie aber dabei erwischte, wie sie in regelmässigen Abständen immer wieder an ihrem Handy rumdrückten und sich dabei ständig wieder so merkwürdig ansahen, stutzte ich etwas.

Auch Julia checkte gelegentlich ihr Display, verhielt sich ansonsten jedoch nicht weiter auffällig.

Im Grunde genommen war es nicht weiter erstaunlich, wenn Jugendliche ihre Augen wie Saugnäpfe auf den kleinen Bildschirm hefteten und robotergleich ihre Finger darüber gleiten liessen. Aber tief in mir drin hegte ich das beklemmende Gefühl, dass hier etwas faul war, auch wenn ich mir keine wirkliche Erklärung dafür liefern konnte.

Ich liess diesem Spektakel ungefähr zehn Minuten seinen Lauf, bis ich zunehmend ungeduldiger wurde, da sich die Mittagspause langsam dem Ende zuneigte und ich noch nicht mal den geringsten Fortschritt verzeichnen konnte.

Also fragte ich erneut mit meinem Blick demonstrativ auf die Uhr gerichtet, die an der Decke herunterhing: „Hast du jetzt kurz Zeit? Ihr seid jetzt ja nichts mehr am Besprechen."

Erneut folgte dieser vielsagende, leicht hochnäsig angehauchte Blickaustausch, ehe Anastasia sich zu mir umdrehte und aufseufzte:

„Ach, wenn es unbedingt sein muss, dann gibst du wenigstens endlich Ruhe."

Sie beugt sich zu mir rüber und erklärt so pampig und kurz angebunden, dass ich nicht mal ansatzweise eine Chance hatte, dem Ganzen zu folgen:

„Also, du nimmst diese Formeln wie immer, formst sie um nach den gesuchten Werten und du bist fertig. Zahlen sind keine angegeben, also musst du logischerweise auch keine einsetzen, die formale Lösung ist das Ergebnis."

Sie rückte wieder an ihren Platz zurück, das Gespräch war für sie offensichtlich beendet.

„Ja, das ist mir schon bewusst, aber ich weiss nicht genau, wie das geht, weil man mehrere Formeln umwandeln und ineinander einsetzen muss", hakte ich nach.

„Dann schalt doch einfach mal dein Hirn an, so doof kann man gar nicht sein!", pflaumte sie mich ungehalten an und ihre Augen funkelten wütend.

Von Nina drang ein leises Kichern zu mir rüber.

Ich fuhr erschrocken zurück. Mit solch einer forschen Reaktion hatte ich nun echt nicht gerechnet. Ein kalter Schauer erfüllte meinen ganzen Körper, mein Kopf fühlte sich leer und dumpf an. Jetzt noch einen klaren Gedanken zu fassen, wäre eine Sache der Unmöglichkeit gewesen.

Ich schob meine Unterlagen beiseite und legte meinen Kopf in die Arme, die ich verschränkt auf den Tisch gestützt hatte. Für den Rest der Mittagspause tat ich so, als würde ich schlafen, in Wirklichkeit wollte ich jedoch meine aufkommenden Tränen vor den anderen verbergen.

Die Prüfung war natürlich, wie nicht anders zu erwarten, das reinste Desaster. Glaubte ich zumindest, wirklich beurteilen konnte ich es nicht.

Der weitere Verlauf des Tages zog nämlich an mir vorbei wie ein unscharfer Film, in dem ich wohl irgendwie mitwirkte, jedoch keine Ahnung vom Drehbuch hatte.
Als auch die beiden anschliessenden Nachmittagslektionen endlich vorbei waren, machte ich mich umgehend auf den Heimweg, ohne mich von den anderen zu verabschieden.
Da der Bus gerade mal vier Minuten nach Schulende abfuhr, musste ich einen ordentlichen Sprint hinlegen, aber das war mir mehr als recht. Die Flucht vor diesem Verlies konnte mir nicht schnell genug gehen.

In letzter Sekunde zwang ich mich durch die sich bereits schliessenden Bustüren und liess mich auf einem freien Sitz nieder. Erschöpft lehnte ich meinen Kopf an die kühle Scheibe, welche bei jeder Unebenheit auf der Strasse leicht erzitterte.

Zum Glück war ausser mir niemand aus der Klasse auf diesen Bus geeilt, so hatte ich während der Fahrt meine Ruhe.

Als er nach einer Viertelstunde an meiner Haltestelle hielt, stieg ich aus und blieb zunächst etwas unschlüssig stehen. Ich verspürte keine sonderliche Lust, schon jetzt nach Hause zu gehen. Der Gedanke, allein in meinem Zimmer zu hocken, dessen Wände mich drohend von allen Seiten zu erdrücken schienen, klang alles andere als reizvoll. Ich brauchte Zeit und Raum zum Nachdenken.

Also steuerte ich nicht mein Haus, sondern den nahegelegenen Weiher etwas weiter aussen im Feld an, wohin ich mich immer zurückzog, wenn ich ungestört sein wollte.

Zunächst kam ich an einem urchig ausschauenden Bauernhof vorbei, vor dem eine Frau gerade damit beschäftigt war, ausgiebig ihr braunes Pferd zu striegeln. Da ich schon immer etwas Respekt vor diesen gewaltigen Tieren besessen hatte, behielt ich einen gesunden Sicherheitsabstand, als ich schnell daran vorbeihuschte. Der kräftige Duft nach Kuh- und Pferdemist hatte natürlich auch seinen Teil zu meinem erhöhten Tempo beigetragen.

Je weiter ich mich von der Hauptstrasse entfernte, desto rarer wurde die Anzahl an Häusern, welche sich am Strassenrand ansiedelten. An einem Laternenmast hingen schlaff drei bunte Ballone runter, wohl ein Überbleibsel einer Kindergeburtstagsparty, deren Existenz in Vergessenheit geraten war, nachdem sie ihren Dienst geleistet hatten.

Weiter vorne führte mich der Weg an einem kleinen Vorhof vorbei, in dem zwei weisse Stühle vor einem kleinen Tischchen standen, die jedoch allesamt schon ganz dunkel verfärbt waren. Ich fragte mich, ob hier überhaupt noch jemand wohnte.

Zäune schmückten die weiten Wiesen, jedoch waren weit und breit keine Tiere zu entdecken, vermutlich weideten die irgendwo weiter oben Richtung Wald, wo es kühler war.

Wurzeln sprengten den Asphalt des Gehsteigs, weshalb ich meinen Schritt nun etwas zügelte, um nicht über einen der aufgesprungenen Risse zu stolpern.

Vereinzelt zog ein Auto an mir vorüber, doch ausser beim vor mir liegenden Friedhof hielt hier niemand. Der Bürgersteig wurde an dieser Stelle kurz unterbrochen, da sich hier der Eingang zu besagter Ruhestätte der Verstorbenen befand.

Früher hatte ich mit meinen Eltern immer die vielen hübschen Blumen bei den Gräbern bestaunen wollen, wenn wir dort vorbeikamen. Damals war mir in meiner kindlichen Unbekümmertheit die Bedeutung dieses Ortes noch nicht bewusst gewesen.

Heute erfüllte mich stets ein leicht beklemmendes, wenn nicht gar unbehagliches Gefühl, wenn ich den Weg hier passierte. Deshalb hielt ich hier immer den Kopf gesenkt in der leisen Hoffnung, ich würde paradoxerweise diesen Ort eines Tages gar nicht mehr wahrnehmen, obwohl so meine Gedanken erst recht darauf gelenkt wurden.

Als ich meine Augen vorsichtig wieder hob, stellte ich fest, dass ich das angestrebte Ziel erreicht hatte.

Mein Blick fiel auf den kleinen Weiher, dessen dunkle, glatte Oberfläche im Sonnenlicht märchenhaft glitzerte, wodurch er optisch einem verwunschenen Zauberspiegel glich.

Es war unbeschreiblich, welche Wirkung er immer wieder auf mich hatte, als würde ich stets zum ersten Mal von seinem Bann umhüllt und in seine Traumwelt gezogen werden, wo nur ich und meine Gedanken existierten. Seine naturbelassene Schönheit und die ihn umgebende Stille ergaben solch eine harmonische Idylle, dass es bereits wieder aufregend war, weil die Sinne gar nicht ausreichten, um alles in sich aufzunehmen.

Das mit Abstand am interessanteste Phänomen war, dass nur hier wie von Geisterhand eine innere Stimme in mir, meine mich leitende Ratio erweckt wurde, welche beim Verlassen dieses Ortes jedoch so stillschweigend wieder verschwand, wie sie erschienen war. Niemand kannte mich so gut wie sie oder hörte mir so aufmerksam zu, sodass ich mich immer an sie wandte, wenn ich Rat brauchte, genau wie an diesem Tag.

Ich liess mich auf dem Holzsteg nieder, der mitten in den Weiher führte und die beste Sicht darüber gewährte. Erschöpft seufzte ich auf und liess eine Weile gedankenverloren meinen Blick über die Umgebung schweifen, als meine Ratio aus ihrem Schlummer erwachte und mich mit derselben, zugegebenermassen etwas eigensinnigen Begrüssungsfloskel wie immer willkommen hiess:

Nur in Stille und in Ruh'
Komm ich Ratio auf dich zu
Geleit' dich auf den rechten Weg
Wenn der Wind dich runterweht

Sie war stets versucht, Gebrauch gehobener Sprache zu machen, da sie sich durch ihren römischen Namen ziemlich wichtig vorkam und sich selbst gerne als gelehrte Philosophin ansah, auch wenn das natürlich reines Wunschdenken war. Daher liess sie keine Gelegenheit aus, ein Zitat ihrer Vorbilder wie beispielsweise Cicero zum Besten zu geben, was mir ehrlich gesagt manchmal tierisch auf den Wecker ging. Ich hätte das ihr aber niemals zu sagen gewagt, weil dies ihr eitles Ego zutiefst gekränkt hätte. Im Grunde genommen war sie aber ein äusserst sanftes und gutmütiges Gemüt und verhielt sich auch relativ normal, wenn sie nicht gerade eine ihrer intellektuellen Phasen hatte, weshalb ich gerne über ihre Makel hinwegsah.

„Na, Leonie, was führt dich denn heute zu mir? Allzu glücklich schaust du ja nicht gerade aus", fragte sie mich gutgelaunt, in ihrer Stimme liess sich aber deutlich Mitgefühl herauskristallisieren.

„Ach, ich weiss auch nicht, ich habe gerade mal knapp eines von vier Schuljahren absolviert, bin aber irgendwie jetzt schon mit meiner Kraft am Ende. Jeden Morgen fällt es mir schwerer, das Haus zu verlassen und jeden Nachmittag kehre ich noch niedergeschlagener zurück. Denn wenn ich dort bin, bin ich permanent den unterschwelligen Schikanen meiner Mitschüler und meinen Lehrern ausgesetzt, denen das Wohl der Schüler ziemlich egal ist, solange am Ende des Monats der Geldbeutel prall gefüllt ist. Und anstatt mich Zuhause erholen zu können, malen sich meine Gedanken bereits den möglichen Verlauf des nächsten grausamen Tages aus. Was mich aber wirklich an den Rand der Verzweiflung bringt, ist das Klassenlager, welches in drei Wochen stattfinden wird. Fünf Tage lang werde ich diesem Albtraum ausgesetzt sein, ohne Rückzugs- oder Fluchtmöglichkeit, nicht einmal Handyempfang soll es dort angeblich geben. Ich weiss echt nicht, wie ich das überstehen soll."

Erschöpft unterbrach ich meine Rede, ich musste mich etwas sammeln, ehe ich fortfahren konnte.

Während der ganzen Zeit hatte Ratio aufmerksam zugehört, schien aber ausnahmsweise selbst etwas ratlos zu sein, denn ihre Antwort kam etwas zögerlich und klang selbst dann nicht wirklich überzeugend:

„Ich kann deine Gefühlslage sehr wohl nachvollziehen, aber wahrscheinlich malst du dir alles viel schlimmer aus, als es letztendlich sein wird. Betrachte es doch als Chance, deine Mitschüler besser kennenzulernen, denn in solch einer Woche verhalten sich alle völlig anders. Denn vergiss nicht, auch für sie ist es ein fremder Ort, wo sie sich nicht geborgen fühlen und deutlich unsicherer und daher zurückhaltender sind als in ihrer vertrauten Umgebung. Wenn es dir gelingt, ihnen dort näherzukommen, wird auch danach alles viel einfacher für dich sein. Wie sagte es Cicero einst so schön: Je grösser die Schwierigkeit, die man überwand, desto grösser der Sieg! Nicht nur für deine Beziehung zu deinem sozialen Umfeld wird es eine Bereicherung sein, sondern auch für dein Selbstwertgefühl."

„Das klingt ja alles schön und gut, diesen Spruch auf ein Papyrus zu schreiben wäre mir auch nicht schwer gefallen. Aber ich weiss nun mal, wie die Dinge stehen, da nützt auch das blumigste Zitat nichts mehr. Ich würde dir allenfalls etwas Glauben schenken, wenn ich bisher diesbezüglich noch nie über meinen eigenen Schatten gesprungen wäre. Aber kannst du dich nicht mehr daran erinnern, wie wir exakt das gleiche Gespräch schon vor einem halben Jahr geführt haben, als ich auf eine zweitägige Biologieexkursion musste? Damals war dir zeitliche Hürde bedeutsam kleiner, weshalb ich letztendlich deinem Rat folgte und mich zu deren Teilnahme überwand. Doch du weißt genau wie ich, wie es schlussendlich herausgekommen ist, wieso um alles in der Welt sollte es also dieses Mal anders sein?"

„Das Gedächtnis ist die Schatzkammer und der Bewacher aller Dinge. Wer einst Schmerz erlitten hat, wird sich stets daran erinnern - Qui doluit meminit. Doch dies soll dich deines weiteren Weges nicht hindern, sondern aufmerksam auf einst begangene Fehler machen, um nicht ein zweites Mal daran zu scheitern."

„Eben, du gibst es ja selbst zu. Mein Fehler war es, über mein alarmschlagendes Bauchgefühl hinwegzusehen und mich diesen furchtbaren Menschen wehrlos auszuliefern. Oder welches Delikt habe ich deiner Meinung nach begangen, als in diesem Massenschlag dieser verfluchten Berghütte keiner neben mir liegen wollte, da man sich nachts womöglich mit irgendeiner merkwürdigen Krankheit an mir infizieren könnte? Dass ich bei der Arbeitsvergabe wie immer übrig blieb bei der Gruppenbildung und nach einem tadelnden Blick der Lehrerin in Richtung meiner Mitschüler in die ratlosen Gesichter schauen musste, da niemand sich einigen konnte, wer nun so generös sein und die eigene Gruppe verlassen sollte, um mit mir eine zu bilden? Ich könnte dir noch so viele Dinge aufzählen, eine demütigender als die andere, aber keine davon lässt sich mit deiner Aussage vereinen."

„Der Ziellose erleidet sein Schicksal, der Zielbewusste gestaltet es. Dein Herz ist rein, deine Absichten gut, überzeuge die anderen davon. Wer verborgen in seiner Hülle bleibt, wird anderen keinen Zugang gewähren. Du musst dich in deinem Leben behaupten können, andere werden dir nicht selbstlos entgegen kommen, dafür fürchten sie zu sehr um den Verlust des eigenen Wohls. Das eigene Ego und dessen Umfeld sind wie Sonne und Mond. Wenn das eine Gestirn aufgeht, geht das andere unter. Welches der beiden das dominantere ist, ist wohl selbsterklärend. Das Wichtigste möge aber an dieser Stelle noch angefügt sein: beziehe die gegen dich gerichteten Taten nicht auf deine Persönlichkeit. Das meiste Unrecht kommt von der Furcht, indem der, welcher den anderen schaden will, fürchtet, dass, wenn er es nicht täte, selbst einen Nachteil erleiden würde. Dies hat Cicero vor mehr als zweitausend Jahren bereits formuliert und so gilt es auch heute noch."

„Ich habe doch schon alles versucht! Ich habe meine Hausaufgaben zum Abschreiben gegeben, wenn mich jemand verzweifelt in letzter Sekunde danach gefragt hat, ich habe bezüglich dieser niveaulosen Serie Interesse geheuchelt, um wenigstens mal den kleinsten Hauch von Wertschätzung von

Seite meiner „Kolleginnen " (ich spuckte das Wort aus, als wäre es ein bitteres Hustenbonbon) zu erhalten. Ich habe sogar meiner Physiklehrerin einen Streich gespielt und bei anschliessendem Tadel eine patzige Antwort gegeben, um in der Klasse meinem Image einen „coolen" Anstrich zu verpassen, doch es hilft alles nichts. Aber es versteht mich ja sowieso keiner! Sollte tatsächlich jemand mal sich die Mühe geben, sich meinen Sorgen anzunehmen, fällt niemandem was Besseres ein als altkluge Sprüche runterzuleiern in der Hoffnung, mich dadurch für ein paar Minuten ruhig stimmen zu können. Dabei habt ihr alle nicht einmal die geringste Ahnung, was ich eigentlich Tag für Tag durchstehen muss, keiner hat mir seither auch nur einen einzigen konkreten Ratschlag geben können. Ihr denkt, ihr seid die barmherzigsten Samariter, wenn ihr eure Zeit für das Gejammer für solch eine gescheiterte Persönlichkeit wie mir opfert und habt das Gefühl, dadurch den Weltfrieden wieder etwas mehr ins Gleichgewicht gerückt zu haben. Doch ich sage euch, dem ist nicht so! Ihr versucht nicht einmal, euch wenigstens für einen kurzen Augenblick lang in meine Lage zu versetzen, weil ihr genau wisst, wie unerträglich sie ist und ihr euch dies in eurem wohlbehüteten Leben nicht antun wollt. Verstehe ich ja, ich würde an eurer Stelle auch nicht mit mir tauschen wollen, aber dann hört endlich mit eurem pseudopsychoanalytischem Gefasel auf und lasst mich gefälligst in Ruhe!"

Eine gewaltige Mischung aus Wut, Verzweiflung und Trauer von unbeschreiblicher Dimension, die sich schon über viel zu lange Zeit in mir zusammengebraut und in all meine Körperfasern gefressen hatte, brach mit einem Schlag aus mir heraus. Kopflos sprang ich vom Steg auf und stürzte davon, ehe meine Ratio hätte zu Wort kommen können.

Meine Umgebung verschwamm vor meinen Augen zu einem undefinierbaren Bild, da die unaufhörlich aufkommenden Tränen meine Sicht benebelten als wären sie ein Wasserfall, der all meinen Schmerz aus mir herausspülen möchte.

Als ich mit einer energischen Handbewegung zumindest für einen kurzen Moment den Tränenfluss unterbrach, entdeckte ich die drei Ballone von vorhin. Sie lagen nun plattgedrückt und zertrampelt auf dem Boden.

Den Rest des Heimweges nahm ich gar nicht mehr wahr. Ohne auch nur einmal aufzublicken, setzte ich mechanisch einen Fuss vor den anderen, bis ich plötzlich auf der Fussmatte vor unserer Haustür landete. Da diese glücklicherweise nicht abgeschlossen war, drückte ich die Klinke leise hinunter und wollte mich unauffällig ins Haus schleichen, doch natürlich musste genau in diesem Moment meine Mutter im Eingang stehen und in ihrer Handtasche herumwühlen. Vermutlich suchte sie irgendeinen Kassencoupon. Da es nun auf die Lautstärke ohnehin nicht mehr drauf ankam, liess ich die Tür geräuschvoll ins Schloss fallen. Meine Mutter blickte auf:

„Mensch, wie oft habe ich dir und deinem Bruder schon gesagt, dass ihr die Tür nicht immer so gewaltsam zuknallen dürft, die verbiegt sonst noch völlig!"

Genervt verdrehte ich meine Augen, selbstverständlich mit dem Rücken zu ihr gewandt, sonst hätte ich mir gleich die nächste Moralpredigt anhören können.

„Ach übrigens, mir ist heute beim Abstauben der Informationszettel für die Klassenfahrt in die Hände gefallen, die ist ja schon in drei Wochen! Ich merke manchmal gar nicht, wie schnell die Zeit vergeht. Naja, ist ja eigentlich nicht weiter wichtig, jedenfalls stehen dort auf der Materialliste einige Dinge drauf, die wir noch besorgen müssen. Hast du nächste Woche irgendwann Zeit?"

Sie liess die Tasche auf ihren gewohnten Platz in der Garderobe plumpsen, ohne irgendetwas rausgenommen zu haben und eilte in die Küche, um gleich darauf mit geschäftiger Miene mit dem Zettel in der Hand zurückzukehren.

„Oh, Moment, ich habe meine Lesebrille vergessen!"

Wieder verschwand sie kurz von der Bildfläche, erschien dann aber wieder mit einem feuerroten Brillengestell auf der Nase, das so weit vorne auf der Spitze thronte, dass es beinahe runterzufallen schien. Sie streckte die Arme von sich, um das Geschriebene besser entziffern zu können und meinte mit zusammengekniffenen Augen:

„Hier steht, dass ihr wandern gehen werdet, egal bei welcher Witterung, du musst also auf jeden Fall einen Regenschutz mitnehmen. Passt dir deine Regenjacke noch, Schätzchen?"

Sie schaute mich mit leicht gesenktem Kopf über den Brillenrand hinweg fragend an.

Ich spürte, wie sich mein ganzer Körper unter der in mir aufkeimenden Panik verkrampfte und meine Kehle verschnürte. Genau vor diesem Moment hatte ich mich immer gefürchtet.

Seit in der Schule das Lager angekündet wurde, hatte ich kein einziges Mal ein Wort Zuhause darüber verloren, sondern lediglich das ausgehändigte Informationsschreiben stillschweigend auf den Küchentisch zum Poststapel gelegt. Solange ich mit niemandem darüber gesprochen hatte, war es mir relativ gut gelungen, dieses beängstigende Thema weit hinten in der untersten Schublade meines Gehirns zu verstauen und zu hoffen, dass es mit dessen Verschweigen bloss zu einem unrealen Albtraum verblassen würde.

Doch meine Mutter hatte nun diese Schublade mit einem Ruck so gewaltsam aufgerissen und somit all die bösen Gedanken wieder in meinen Körper freigelassen, sodass nun jegliche Funktionen unter diesem Schock erstarrt sind. Ich stammelte mit solch einer brüchigen Stimme, dass ich sie kaum als meine eigene wiedererkannte:

„Ich, ich fühl mich nicht gut... ich, ähm, muss mich hinlegen, hat ja noch Zeit...“

Ohne mich darum zu kümmern, was meine Mutter noch anfügte, wankte ich in mein Zimmer und legte mich mit rasendem Herzen auf mein Bett. Ich traute mich einfach nicht, ihr von meinen Ängsten zu erzählen.

Vor ungefähr einem Monat hatte ich es dezent mal angedeutet, doch sie hatte bloss abwinkend gemeint, dass ich mittlerweile wirklich alt genug sei, um so etwas durchzustehen.

Danach hatte ich nicht mehr den Mut dazu gefunden und jetzt war es sowieso schon zu spät. Ich konnte nun nur noch machtlos mitansehen, wie diese schreckliche Unglückswoche drohend wie ein Zug immer näher auf mich zukam, als befände ich mich auf dessen Schienen mitten in einem düsteren Tunnel, wo weit und breit kein Ende in Sicht war.

3. Es pocht und pocht und pocht...

Der Rest der Woche zog ziemlich ereignislos an mir vorbei. Ich achtete darauf, wirklich nur dann mit jemandem zu sprechen, wenn mir explizit eine Frage gestellt wurde oder wir eine Gruppenarbeit im Unterricht erledigen mussten. Ansonsten hielt ich mich gedeckt im Hintergrund, um einer weiteren Konfrontation wie am Montag aus dem Weg zu gehen.

Am Freitag erhielten wir in der Physiklektion noch die Prüfung zurück. Ich war überzeugt, dass meine Lehrerin ausser ihrem Beruf keine weitere Freizeitbeschäftigung besass, niemand anders korrigierte Tests so schnell wie sie. Zudem war ich in meinem ganzen Leben noch nie einer verklemmteren Person begegnet als ihr. Wenn wir Schüler am Ende einer Stunde mal nicht fertig geworden waren mit Abschreiben und sie fragten, ob wir ein Foto von der Wandtafel machen durften, bekam sie immer ganz hektische, rote Flecken im Gesicht und rief in quietschiger, sich überschlagender Stimme:

„Nein, das geht nicht, das ist Verletzung meines Personenschutzes. Wenn ich auf einem Foto gegen meinen Willen abgebildet werde, zeige ich euch an!"

Sollte jemand dann doch sein Handy zücken, flüchtete sie wie ein aufgeschrecktes Reh aus dem Raum und kam erst wieder rein, wenn auch das letzte elektronische Gerät in den Taschen verstaut war.

Einmal richtete ich aus Spass meine Kamera direkt auf sie und tat so, als würde ich abdrücken. Da sie mein Spielchen natürlich nicht durchschaute, wurde sie fuchsteufelswild und versuchte, mir mein Handy aus der Hand zu reissen. Ich musste jedoch auf den Bus eilen, weshalb ich schleunigst nach meinen Sachen griff und lachend davonrannte, während sie tobend im Zimmer zurückblieb.

Nun ja, in dieser Situation mochte ich vielleicht die Oberhand über sie gehabt haben. Was meine Note betraf, war ich jetzt hingegen eindeutig am kürzeren Hebel. Auf meinem Prüfungsblatt prangte mit dickem, rotem Filzstift umkreist und doppelt unterstrichen eine glatte Drei. Wirklich schlimm fand ich das Ergebnis nicht einmal, es hätte mich durchaus schlimmer treffen können, doch rühmen konnte ich mich damit natürlich nicht. Anastasia, die logischerweise wieder einmal mehr Klassenbeste war, spienzelte mit süffisantem Gesichtsausdruck auf meine Bewertung und meinte:
„Sieh mal Leonie, ich habe fast eine doppelt so hohe Note als du".

Julia fügte nichts hinzu, da sie sogar noch schlechter abgeschnitten hatte als ich, Nina aber fiel in Anastasias fieses Gekicher ein.

Ich liess das Theater wortlos über mich ergehen und zuckte lediglich gleichgültig mit den Schultern. Darauf einzugehen hatte ich wirklich keine Lust.

Am Wochenende fand eines dieser obligatorischen Familienfeste statt von der Sorte, bei dem sich alle Verwandten verpflichtet fühlen daran teilzunehmen und eine fröhliche Miene aufzusetzen, insgeheim aber niemand auch nur die geringste Lust für diesen Anlass verspürt. Ist ja eigentlich auch logisch, nur, weil man per Zufall blutsverwandt ist, heisst es noch lange nicht, dass man sich auch auf der gleichen Wellenlänge befindet. Ich bin überzeugt, dass die wenigsten Menschen auf dieser Erde genau ihre Familien als Freundeskreis auszuwählen würden, doch da man sich gerade kennt, arrangiert man sich der Bequemlichkeit halber und haltet in periodischen Abständen ein steifes Mittagessen mit anschliessendem Verzehr einer vor Kalorien triefenden Torte ab.

Genau diese Art von Veranstaltung fand an besagtem Wochenende statt, das im selben Muster ablief wie immer. Während mein Bruder auf Hochtouren lief und einen Witz nach dem anderen riss, verhielt ich mich bei so vielen Menschen eher zurückhaltend und überliess das Reden lieber den geschwätzigeren Personen. Noch bis vor wenigen Jahren hatte ich zu Familientreffen eigentlich immer einen selbstgebackenen Kuchen mitgebracht, doch seit ich das Gymnasium besuchte, fehlte mir meistens die Zeit.

Damals lobte man mich stets für meine Backkünste in meinem noch so jungen Alter und meine dunkelblonden, langen Haare, welche mir „engelhaft", wie sie es nannten, in sanften Wellen den Rücken runterfielen. Früher hatten meine Verwandten zudem bei der Begrüssung begeistert aufgejubelt, wenn ich seit dem letzten Treffen wieder ein paar Zentimeter gewachsen war. Doch da sich auch dieses Phänomen seit Primarschulende ziemlich eingestellt hatte, wurde meine Persönlichkeit lediglich noch auf meine Haare reduziert.

Ich wunderte mich, worüber man über mich sprechen würde, wenn ich diese auf einen stoppeligen Kurzhaarschnitt eliminieren würde. Womöglich würde man mich dann gar nicht mehr wahrnehmen. Doch da dies ohnehin nicht in Frage kam, hatte ich mich mit der Rolle der beseelten Haarpracht abzufinden und musste zuhören, wie alle am Tisch den Spässen von Mike lauschten und immer wieder betonen mussten, was für ein toller junger Mann er doch geworden sei.

Lange Zeit hatte ich mich mit der Rolle als zweite Geige schwergetan, mittlerweile hatte ich mich aber mit dieser Tatsache mehr oder weniger arrangiert. Etwas gelangweilt „beaugapfelte" ich das säuberlich polierte Silberbesteck. Das war übrigens das Lieblingswort meines ehemaligen Klassenlehrers, das mich selbst heute noch zum Schmunzeln bringt.

Ich fragte mich, wie lange es wohl dauerte, bis das Silber wieder von einer schwarzen Schicht verdeckt sein würde und mit ihr seine Schönheit, die sich wehrlos dahinter verbergen würde.

Meine nicht gerade allzu empirischen Ermittlungen wurden unterbrochen, als meine Tante die obligatorische, interessengeheuchelte Frage stellte, worauf man sowieso nur das antworten konnte, was das Gegenüber auch hören wollte:

„Und Leonie, gefällt es dir in der Schule? Drei Jahre liegen noch vor dir, stimmt's?"

„Hm, geht so, wie Schule halt so ist. Und ja, drei Jahre noch."

Ich konnte ihr ja schlecht die Wahrheit sagen. Hätte ich wirklich vor versammelter Menge eine Hasstirade gegen meine Schule gestartet, hätten alle überfordert und peinlich berührt auf ihre Trinkgläser gestarrt, bis endlich jemand dezent ein anderes Thema ansprechen würde und alle dankend drauf eingegangen wären.

„Ach jaja, das geht jedem in deinem Alter so, und wenn du einmal erwachsen bist, wirst du mit einem Lächeln zurückdenken und merken, dass das die unbeschwerteste Zeit in deinem Leben war", erwiderte sie mit einem verklärten, leicht melancholischen Gesichtsausdruck.

Na toll, das waren genau die aufbauenden Worte, die ich hatte hören wollen. Wenn dieser Lebensabschnitt der Höhepunkt meines Lebens darstellen sollte, dann wollte ich beim besten Willen nicht wissen, was auf diesen noch folgen würde.

„Weißt du denn schon, welche berufliche Richtung du später einmal einschlagen möchtest?", hakte sie nach.

„Naja, ich habe meinen Schulabschluss ohnehin noch nicht auf sicher in der Tasche, daher mache ich mir noch keine allzu grossen Gedanken darüber", meinte ich vage und verfiel mit einem gequälten, aufgesetzt höflichen Lächeln wieder in Schweigen.

Mir waren solche Gespräche immer höchst unangenehm, da ich weder von mir selbst was Interessantes noch sonst etwas Wissenswertes oder Unterhaltsames zu erzählen wusste, schon gar nicht, wenn mir gefühlte hundert Augenpaare mit ihren erwartungsvollen Blicken Löcher ins Gesicht starrten.

Zu meiner Erleichterung schien die Wissbegierde an meinem Leben sowieso bereits abgeflaut zu sein, sodass mein Puls sich allmählich wieder normalisieren konnte.

Ich beobachtete meine Verwandten, wie sie sich angeregt unterhielten und amüsierten, wobei ich bestimmt schon längst wieder in Vergessenheit geraten war.

In diesem Moment vermisste ich wieder meine Urgrossmutter sehr. Sie war eine der einzigen Personen, die ich kenne, welche sich nicht bloss vom grellen Strahl der äusseren Erscheinung blenden gelassen hatte, sondern durch ihn hindurch tief ins Innere hatte blicken können. Bei ihrer Anwesenheit hatte ich mich stets sicher und geborgen gefühlt, da sie gespürt hatte, dass sich in meinem oft etwas zurückhaltenden Wesen kein Desinteresse, sondern lediglich eine sensible Persönlichkeit verbirgt. Anstatt etwas Falsches von mir zu geben, hülle ich mich in grösseren Menschengruppen lieber in Schweigen, was bei den meisten einen verschobenen Eindruck von mir hinterlässt. Doch bei ihr war es anders gewesen, zu ihr hatte ich eine tiefe Verbundenheit verspürt.

Ich erinnerte mich an das Weihnachtsessen Ende des letzten Jahres, wo sie bei uns eingeladen war und mich auf das Gedicht angesprochen hatte, das ich für sie verfasst und auf ihre Weihnachtskarte geschrieben hatte. Direkt auf Knopfdruck fiel es mir natürlich nicht gerade ein, aber es lautete ungefähr so:

In tiefer Nacht, so still und klar
Der Einsamkeit man wird gewahr
Nach draussen blickt, jedoch nichts sieht
Die Dunkelheit das Aug' besiegt

Da erscheint aus weiter Ferne
Der helle Schein der vielen Sterne
Welche geputzt, zum Glanz poliert
Das Werk der Engel präsentiert

So leicht und sanft wie der Wind
Schwebt das zarte Himmelskind
Zur Erde hernieder
Mit silberm' Gefieder

Es nimmt mich sogleich bei der Hand
Erwärmt mein Herz, erhellt den Verstand
In stiller Ruh die Wärme versprüht
Welche die Nacht zum Tag erblüht

An jenem Abend nahm sie mich am Arm und führte mich etwas weg vom Rest der Familie, woraufhin sie mir in die Augen blickte und meinte, dass man in diesem Gedicht mein reines Herz erkennen könnte ich auf dem richtigen Weg wäre. In mir würde viel Potenzial stecken, welches ich ausschöpfen müsste.

Nie hatte mir jemand so etwas Schönes gesagt. Noch heute verhallen ihre Worte in mir und ich hoffe, dass sie nie verklingen mögen. Denn es waren die letzten, die ich von ihr je vernommen haben werde. Doch so sehr ich mich in Momenten, in denen ich mich von den anderen ausgeblendet fühlte, an diesen festzuhalten versuchte, so fest erfüllte es mich auch mit Wut und Verzweiflung, dass genau sie nicht mehr lebte. Ich konnte und wollte mich mit diesem Gedanken einfach nicht abfinden, weshalb ich immer wieder aufs Neue in denselben Schockzustand verfiel, wenn mein Verstand meinem verleugnenden Gefühl die Wahrheit wieder vor Augen führte. Ohne sie fühlte ich mich wie ein Sandkorn am Strand, umzingelt von vielen anderen Sandkörnern, welche alle für sich selber darum kämpfen, nicht von der Flut in den gurgelnden Abgrund gezogen zu werden. Nur, dass jetzt niemand mehr da war, der mich mit seiner rettenden Hand vor dem reissenden Wasser beschützen würde.

Auf einmal kam in mir die beängstigende Frage hoch, ob man mich vermissen würde, wenn ich genau jetzt in diesem Moment nicht anwesend sein würde.

Ich wusste selbst nicht, weshalb ich plötzlich auf solch einen tristen Gedanken kam. Mein Verstand hätte dies eigentlich sofort vehement verneinen müssen, irgendetwas in mir hielt mich aber zurück. Und das war noch viel erschreckender als die Überlegung selbst.

Am darauffolgenden Morgen war ich in einer Pause gerade damit beschäftigt, ein paar Bücher in meinem Spind zu verstauen, als mir nur allzu vertraute Stimmen ins Ohr drangen. Erstaunt blickte ich mich um. Tatsächlich entdeckte ich am Ende des Flurs Anastasia, Nina und Julia, welche in einer Ecke versteckt angeregt miteinander tuschelten, zeitweise unterbrochen durch schrilles, aufgeregtes Quietschen, welches meinem Trommelfell ordentlich die Stirn bot. Was ihnen aber wohl entgangen zu sein schien, war die Tatsache, dass ich mich nahe genug befand, um nahezu dem gesamten Gesprächsverlauf zu folgen. Momentan nahm Nina die Rolle des Sprechers ein:

„Der Film war echt spitze! Vielen Dank nochmals, dass dein Bruder uns extra ins Kino gefahren hat, Julia.“

„Ja, er hat sich den Freitagabend extra für uns freigenommen. Im Gegenzug muss ich zwar für ihn eine Woche lang den Abwasch erledigen, aber das nehme ich dafür gerne in Kauf“, meinte diese.

Mich überfiel ein ganz flaues Gefühl im Magen. Die drei hatten sich offensichtlich am Wochenende getroffen, ohne mir auch nur ein Sterbenswörtchen davon zu sagen. Auf einmal bemerkte ich, dass sich eine angespannte Stille über den Flur legte. Zaghaft schaute ich in die Richtung, in der die Geräuschquelle soeben verstummt war. Dabei eröffneten sich mir drei Augenpaare, die mir wütend entgegenblickten.

„Hey, seht mal, wer uns einfach so belauscht hat!“, rief Anastasia da aus.

„Sag mal, Leonie, geht's eigentlich noch?“, fuhr mich Nina an, wobei sie bedrohlich auf mich zukam. Vor Schreck brachte ich keinen Ton raus.

„Soso, sie kann es also nicht mal zugeben, das sieht ihr wieder mal ähnlich. Kommt, wir gehen, wir wollen mit der nichts mehr zu tun haben.“

Ohne mich noch eines Blickes zu würdigen, hakte sich Anastasia bei den anderen ein und zog mit ihnen in Richtung unseres Schulzimmers davon.

Ich blieb wie angewurzelt stehen, unfähig, das Geschehene so rekapitulieren zu können, dass ich mir diese hitzige Reaktion auf irgendeine Weise hätte plausibel erklären können.
Da erschien plötzlich vor meinem inneren Auge die Turnhalle meines Primarschulhauses und jene Szene, wo ich dort als ungefähr achtjähriges Mädchen gerade dabei war, die Matten am Ende der Lektion zu wegzuräumen. Da ich aber im Gegensatz zu meinen Mitschülerinnen als einzige nicht im Geräteturnen war, stellte ich mich dabei ziemlich ungeschickt an, woraufhin Folgendes geschah:

„Jetzt beeil dich doch mal etwas, Leonie, wir wollen endlich nach Hause gehen", ruft das beliebteste, jedoch auch dominanteste Mädchen, dem sich nie jemand zu widersprechen wagt.

„Ich versuch' es ja, aber ich verstehe nicht ganz, wie man das Band um den Mattenwagen befestigt."

„Mensch, das kann doch wohl nicht so schwer sein!"

Energisch stampft sie auf mich zu und reisst mir den Bändel aus der Hand.

„Halt' bitte die Matte aufrecht, währenddessen befestige ich hier die Schnalle."

Also trotte ich um den Wagen herum und stütze mich dagegen. Doch genau in diesem Moment muss ich natürlich niesen, weshalb ich für einen kurzen Augenblick davon ablasse. Dies bemerke ich jedoch erst, als es bereits zu spät ist. Die Matte löst sich von ihrer Haltung los und knallt mit voller Wucht auf das Mädchen, welches noch mit dem Entknoten des Bändels beschäftigt gewesen ist.

Wie eine Furie fährt sie mich an, als sie sich wieder aufgerichtet hat: „Sag mal, hast du eigentlich keine Ohren am Kopf? Ich hab' dir doch gerade gesagt, du sollst diese verdammte Matte festhalten!"

„Es tut mir leid, ich..."

„Spar dir die Mühe, du bist zu nichts zu gebrauchen. Halte gefälligst von nun an immer 2 Meter von mir Abstand, mit dir will ich nichts mehr zu tun haben."

Noch heute kann ich mich genau daran erinnern, wie sie daraufhin davongestürmt ist und alle anderen ihr gefolgt sind.

Ebenso präsent ist mir noch, wie ich am folgenden Tag ins Schulzimmer getreten bin und keiner mehr mit mir reden wollte. Alle schauten bloss ihre „Anführerin" an und verfielen in hämisches Gelächter, als ich mich verwirrt umblickte.

Ab diesem Moment an war ich endgültig für alle zu einem Hauch von nichts zusammengeschrumpft, was bis zum Ende meiner Primarschulzeit mehr oder weniger so geblieben war.

Egal wie oft ich mich bei ihr für diesen meiner Meinung nach ziemlich harmlosen Vorfall entschuldigte, stiess ich immer auf taube Ohren. Sie hatte mir den Stempel der „Unbeliebten" auf die Stirn gedrückt und war nicht gewillt, ihn mir wieder wegzuwischen.

Ich hörte, wie das Klingeln allen noch auf den Gängen herumirrenden Schüler zu verstehen gab, umgehend in ihre Klassenzimmer zurückzukehren. Ich selbst konnte mich aber keinen Zentimeter weit bewegen, als wäre ich von einem Bann umgeben, der mich an diesen Ort haften sollte, bis sich irgendeine höhere Macht gütig erwies und mich gehen liess. Nichts auf der Welt hätte mich zu diesem Zeitpunkt dazu bringen können, mich in den Unterricht zu begeben und mich der feindseligen Atmosphäre auszusetzen, die ich dort auf mich persönlich zugeschnitten vorfinden würde. Frühzeitig nach Hause gehen konnte ich aber nicht, da sich meine Tasche herrenlos an besagtem Ort befand.

Beim Gedanken an diese aussichtslose Situation löste ich mich aus meiner Starre los und begab mich auf die Toilette, um mich dort in einer Kabine bis zum Ende der Lektion vor neugierigen Augenzeugen geschützt zu verbarrikadieren.

Die vier Wände um mich herum dieses kleinen Raums verliehen mir, wenn auch nur geringfügig, das Gefühl von Sicherheit und eine gewisse Distanz zu diesem Vorfall, sodass ich mich wieder etwas beruhigen konnte.

Auf dem zugeklappten Toilettensitz zusammengekauert sass ich die fünfundvierzig Minuten ab. Ich hätte jedoch schwören können, dass der Zeiger mit Absicht extra langsam seine Runde drehte, um mich auch lange genug hier schmoren zu lassen.

Als die Mittagspause dann doch endlich eingeläutet wurde, verweilte ich noch weitere fünf Minuten hier um sicherzugehen, dass alle Schüler das Zimmer verlassen hatten. Anschliessend stahl ich mich in den mittlerweile menschenleeren Raum, um meine Tasche zu holen, meldete mich im Sekretariat für den Nachmittag krank und machte mich auf den Heimweg.

Glücklicherweise fand ich das Haus leer vor, so konnte ich mich ungestört von irgendwelchen nervtötenden Fragen in mein Zimmer begeben und mich vom Tag so gut es ging erholen. Für einen Moment verspürte ich den Wunsch, beim Weiher Ratio aufzusuchen, doch seit ich das letzte Mal so ungehalten davongestürmt war, hatte ich Angst, sie würde mir womöglich gar nicht mehr dienen wollen. Daher entschied ich mich letztendlich dagegen.

Am Abend war ich mit meinem Bruder alleine zuhause, weil meine Eltern auswärts essen gegangen waren. Da ich mich nicht gerade als begnadete Köchin bezeichnen würde und mein Bruder ohnehin ein Abendessen alleine in seinem Zimmer bevorzugte, wo er sich ungestört eine TV-Serie nach der anderen reinziehen konnte, musste ich wohl oder übel mit einer Mikrowellenpizza Vorlieb nehmen. Es ist ein Wunder, dass dieses Produkt sich in nahezu jedem Haushalt als Reservenahrung im Gefrierfach angesiedelt hat, da man im Prinzip keinen wirklichen Unterschied zu einem Stück Pappe, angereichert mit diversen Emulgatoren, Feuchthaltemitteln und Geschmacksverstärkern herausschmecken kann.

Aber der Zweck heiligt ja schliesslich die Mittel, weshalb ich auch kurz nach dem Aufbruch meiner Eltern am Esstisch sass und relativ lustlos an einem Stück Pizza einer undefinierbaren Sorte herumkaute.

Zeitgleich löste ich ein Sudoku auf meinem Handy, natürlich eine einfache Stufe, für die fortgeschrittenen fehlte mir schlicht und ergreifend die Geduld. Spätestens nach der Hälfte des Rätsels hätte ich mich garantiert in einem heillosen Zahlenchaos wiedergefunden und konsterniert aufgegeben.

Ich tat das häufig, wenn meine Eltern ausser Haus waren, da früher in solch einer Situation immer meine Urgrossmutter uns hüten kam und mit mir und Mike zusammen bis zur späten Stunde Sudokus gelöst hatte. Wir beide liebten diese gemütlichen Abende mit ihr, weshalb ich diese Gewohnheit beibehalten habe, um für einen kurzen Moment aus dem hier und jetzt zu flüchten und die unbesorgten Kindheitstage wieder aufleben zu lassen.

Es war mir soeben geglückt, eine Reihe fehlerfrei zu komplettieren, als unerwarteterweise eine Nachricht in mein Handy eintrudelte. Ich überlegte, ob ich sie bereits lesen oder erst noch meine Glückssträhne beim Sudoku etwas länger auskosten sollte, aber wie jedes Mal siegte meine Neugier, welche stets auch eine gewisse Unbehaglichkeit vor dem Ungewissen implizierte.

Unvorhersehbaren Situationen trete ich immer etwas skeptisch gegenüber. Dies ist aber keinesfalls bloss eine Erscheinung, welche man einem von Grund auf misstrauischen Charakter zuschreiben könnte. Denn es kann durchaus vorkommen, dass die unheilvolle Vorahnung tatsächlich bestätigt wird, welche einem eigentlich vor der Wahrheit hätte bewahren sollen. Doch wie es nun mal so ist, verspüre ich zeitgleich stets den Drang, das Geheimnis zu lüften und mir Gewissheit einzuräumen, sodass sich die warnende Funktion meines Unterbewusstseins sogleich wieder erübrigt. Genau das gleiche Prinzip lässt sich auf etliche weitere Situationen ausweiten.

Kommt man beispielsweise per Zufall an einem Ort vorbei, wo soeben eine Person verunglückt ist und alle Leute hektisch in der Gegend umherrennen, weiss man genau, dass man nicht hinstarren sollte. Zum einen, weil man nicht unhöflich sein will, zum anderen aber auch, weil sich mit Garantie das Schreckensbild in deine Erinnerung einbrennen wird und du wünschen würdest, du hättest es nie gesehen. Dennoch wird der eigene Wille von einem unkontrollierbaren Drang bemächtigt, der Illusion über die vermutete Realität auf die Sprünge zu helfen und wider allem inneren Sträuben nachzusehen.

Genauso (wenn auch die Umstände natürlich nicht so gravierend waren) war es an jenem Abend, als ich mit pochendem Herzen auf das Nachrichtensymbol tippte, wodurch mir geradewegs die Sicht auf das „Schreckensszenario" freigelegt wurde. Der Tatort war ein offensichtlich gerade erst neu erstellter Gruppenchat, die Ermittlungen waren schon im vollen Gange.

Nasti: Hey Leonie, wir wollten dir nur mitteilen, dass dein Verhalten heute Morgen echt das Letzte war und wir ehrlichgesagt ziemlich schockiert sind, dass du dich noch nicht bei uns entschuldigt hast.
Nina: Wir wissen echt nicht, was dein Problem ist. Andauernd lässt du die Situationen so aussehen, als ob wir die Schuldigen wären. Statt mal zu überlegen, weshalb es nur um dich herum immer so ein riesen Theater gibt.
Nasti: Genau! Das geht einem mit der Zeit gewaltig auf die Nerven.

Fassungslos sah ich dem Szenario zu, welches sich vor meinen Augen abspielte. Wo war ich da nur reingeraten. Jetzt konnten sie mich nicht einmal mehr in Ruhe lassen, wenn ich zu Hause in vermeintlicher Sicherheit vor solchen Wortgefechten war. Ich musste unbedingt eingreifen, ehe es noch endgültig eskalierte.

Wie immer gab ich mir auch dieses Mal Mühe, so freundlich wie möglich ihnen gegenüberzutreten, auch wenn mir überhaupt nicht danach zumute war.

Leonie: Hey Leute... Es tut mir leid, falls ich euch zu nahegetreten bin, das war nicht meine Absicht. Aber ich hatte einfach das Gefühl, bei euch nicht mehr erwünscht zu sein.
Nina: Siehst du, du machst es schon wieder!
Leonie: Was mache ich schon wieder?
Nina: Das kleine Unschuldslamm spielen. Du stehst eindeutig im Fehler aber drehst es schon wieder so, dass schlussendlich wir die Buhmänner sind.
Leonie: Das stimmt doch gar nicht...
Nasti: Und ob das stimmt! Wie kannst du nur so ein falsches Bild von dir selbst haben.
Leonie: Aber wieso habt ihr mich dann nicht in eure Planung mit einbezogen?
Nasti: Du hättest sowieso keine Lust gehabt.
Leonie: Das ist doch gar nicht wahr...
Nasti: Ach, such' dir jemand anders, der dir deine Lügengeschichten abkauft, wir lassen uns das nicht mehr gefallen.

Nasti hat die Gruppe verlassen

Nina: Genau, mach doch was du willst, solange du es ohne uns tust. Ich kann dir aber garantieren, dass du niemandem finden wirst. Lebe wohl.

Nina hat die Gruppe verlassen

Wie gelähmt starrte ich auf das Display, welches wenig später erlosch. Ein eisiges Gefühl machte sich in mir breit, worauf mein ganzer Körper zu zittern begann. Nicht nur wegen dem

Schock hatte ich völlig die Fassung verloren, sondern vor allem wegen dem Erlebnis, das mir nun in den Kopf schoss und sich so real vor meinen Augen abspielte, als wäre ich wieder in diese Zeit zurückversetzt worden und durchlebte dieses zum ersten Mal. Das neunjährige Vergangenheits-Ich befand sich auf dem Nachhauseweg von der Schule, gefolgt von seinen Mitschülerinnen:

„Hey Leonie, was ist das für eine hässliche Brille, die du da trägst?"

„Reicht es dir nicht aus, dass du eine riesen Streberin bist, musst du denn unbedingt auch noch so aussehen?"

Panisch laufe ich vor der Menge her. Die Blicke der Mädchen haften wie Messerstiche auf meinem Rücken, ihr höhnisches Lachen dringt zu mir wie jenes einer rachesüchtigen Göttin, die all ihre Untertanen zur Verdammnis bringen will.

„Bestimmt ist deine Mami unheimlich stolz auf dich, nicht wahr?"

„Nicht nur das, bestimmt kauft sie auch ihre Kleider ein, nicht mal so eine Brillenschlange wie Leonie kann so geschmacklos sein!"

„Bestimmt, sie hat sowieso keine Zeit zum Einkaufen, sie muss ja ständig lernen, um die Beste zu sein an den Tests."

„Nur damit die Lehrerin sie dann wieder vor der ganzen Klasse loben kann, was für ein gescheites Köpfchen sie ist und dass wir uns ein Beispiel an ihr nehmen sollten."

„Genau, sie liebt es, in Lob zu baden."

„Such dir doch lieber mal Freunde."

„Blödsinn, wer will schon mit einem solchen Loser was zu tun haben, das ist ja voll uncool."

„Meine Mutter sagt, dass sie von ihren Eltern zu sehr verhätschelt wird, nur auf diese Weise wird man so komisch."

Die Worte prasseln wie Peitschenschläge auf mich ein. Wie gerne würde ich mich in diesem Moment rechtfertigen, den anderen ins Gesicht schleudern, dass ihr Gerede nicht mal ansatzweise der Wahrheit entspricht. Doch meine Wut wird von einer unbändigen Angst überschattet, welche den Worten den Weg über meine Stimmbänder verwehren. Ich verstehe gar nicht, wie es zu dieser Verfolgungsjagd gekommen ist. Wie gewöhnlich habe ich beim Klingeln gemächlich meine Schulsachen zusammengepackt und als Letzte das Gebäude verlassen. Doch anstatt mich in Ruhe auf den Heimweg zu begeben, bin ich auf dem Pausenhof auf eine grössere Anzahl von Mitschülern getroffen, die auffällige Blicke in meine Richtung warfen. Ich habe meinen ganzen Mut zusammengerafft, um möglichst lässig an ihnen vorbeizugehen, einen anderen Weg gab es leider nicht.

Als ich mich genau auf gleicher Höhe befand, meinte ein Mädchen zynisch: „Na, Leonie, möchtest du nicht auch einmal Gesellschaft haben auf dem Heimweg? Wir begleiten dich gerne.“

Ohne eine Antwort zu geben ging ich weiter, unter keinen Umständen wollte ich sie meine Verunsicherung spüren lassen. Dennoch hielt sie das nicht davon ab, mir zu folgen, weshalb ich mich nun in dieser Situation befinde.

Mittlerweile höre ich gar nicht mehr hin, was sie sagen, es ist sowieso immer dasselbe. Egal wann, sei es in einer Pause, im Sportunterricht oder sonst wo, suchen mich immer wieder dieselben Leute heim und leiern ihre Sprüche runter. Für sie ist es ein Spiel, ein spassiger Zeitvertreib. Man kann ihnen keinen Vorwurf machen. Wäre ich auf der Siegerseite, wüsste ich ehrlichgesagt nicht, wie ich mich verhalten würde. Vermutlich würde auch ich mich zu diesem Spiel hinreissen lassen, zu gross wäre die Angst, auf einmal auf die andere Seite zu gelangen.

Endlich habe ich mein Haus erreicht. Die johlende Meute im Nacken schlage ich die Tür zu und lasse mich auf den Boden sinken. Mein Herz pocht, als würde es aus meiner Brust springen und von hier flüchten wollen. Aber es ist nun mal wie ich an diesen Ort gebunden, wo es pochen, aber nicht ausreissen kann. Es schlägt und schlägt und schlägt...

Schweissgebadet entriss ich mich von meinen Gedanken. Eine wirkliche Veränderung trat aber nicht ein, ich sass am genau gleichen Ort und spürte nach wie vor meinen rasenden Herzschlag. Wie lange mochte mich dieser wohl noch auf meiner Reise begleiten? Hatte er sich schon so sehr in meinem Organismus etabliert, dass er sich gar nicht mehr würde normalisieren können? So oft ich mir diese Fragen auch stellte, konnte ich nie eine Antwort darauf finden.

Ehrlichgesagt wusste ich nicht einmal wirklich, wie es sich anfühlte, ohne ein beklemmendes Gefühl das Haus zu verlassen. Diese Tatsache implizierte jedoch nicht, dass dies ausdrücklich ein Phänomen war, welches nur mir wiederfuhr. Sie liesse sich auch so interpretieren, dass jenes von mir als unangenehm empfundene Gefühl gar keine Absurdität war, sondern die von mir nicht anerkannte Normalität. Schliesslich konnte ich nicht wissen, ob andere genauso fühlten wie ich und falls doch, ob sie es überhaupt wahrnahmen. Möglicherweise verspürte jeder diese unablässige Angst, sich in einer Gesellschaft zu bewegen, die sich ohne merkliche Anzeichen plötzlich gegen einen wenden konnte, nur, dass ich diesem Gefühl je länger je mehr nicht mehr standhalten konnte.

So wenig ich auch die Wahrheit kannte, sofern es überhaupt eine allgemeingültige gab, reifte in mir immer stärker die Überzeugung, dass diese ohnehin auf mein Empfinden keinen Einfluss haben würde. Wenn ich den Punkt erreicht hatte, wo ich dieses Herzrasen nicht mehr zu ertragen vermochte, musste ich ein Mittel finden, um diesem entgegen zu wirken. Und sollte dies durch gleichbleibende Verhältnisse nicht möglich sein, musste ich einen anderen Weg finden. Hauptsache, ich würde dieses Gefühl endlich loswerden.

Am nächsten Morgen rissen mich die Stimme meiner Mutter aus dem Schlaf: „Leonie, steh endlich auf, du verpasst sonst noch den Bus!"

Schlaftrunken blickte ich auf meinen Wecker. Verflixt, es war bereits halb acht!

In meinem aufgelösten Zustand am Vorabend war es mir schwergefallen, Schlaf zu finden, weshalb ich die halbe Nacht in meinem Zimmer herumgelungert war und mich irgendwie abzulenken versucht hatte. Dabei dichteten sich in meinem Kopf folgende Zeilen zusammen, nach deren Niederschrift ich mich wieder etwas beruhigt hatte:

Der Stille sich gibt
Des Öftern fällt
Was niemand liebt
Was keinem gefällt
Im Unschein windet
Im Nichts verschwindet
An Beachtung zehrt
Von jedem verwehrt

In Windeseile streife ich mir die Kleider über, welche gerade zuoberst auf dem Stapel lagen, putzte die Zähne, wuschelte einmal kurz durch die Haare und stürmte aus dem Haus. Ich erreichte gerade noch rechtzeitig den Bus, auch wenn es mir beinahe lieber gewesen wäre, wenn ich ihn verpasst hätte. Beim Gedanken daran, dass ich in wenigen Minuten wieder ins Schulzimmer würde treten müssen, wurde mir ganz flau im Magen.

Als ich dies wenig später tat, grüsste mich keiner, als ich schüchtern in die Runde nickte. Und falls doch, dann begleitet von diesem höhnischen Gelächter, wozu nur Jugendliche fähig sind.

Die Bänke waren hufeisenförmig angerichtet und zwar genau so viele, dass es für eine Person keinen Platz mehr hatte. Diese musste sich in der Reihe quer in der Mitte der Anordnung begnügen. In der Regel leistete stets jemand dieser Person solidarisch Gesellschaft, um nicht alleine im Zentrum des Blickfeldes sitzen zu müssen.

Als ich mich nun aber hinsetzte, machte keiner solche Anstalten. Mit zitternden Händen nahm ich meine Unterlagen für den Unterricht aus der Tasche und legte sie sorgfältig auf der Tischfläche aus. Jede Sekunde, in der ich mich auch nur mit der geringfügigsten Aktivität beschäftigen konnte, war wertvoll. Erst wenn ich nichts mehr zu tun haben würde, würde ich der Grausamkeit dieser Situation vollständig ausgeliefert sein, weil ich ihr dann unverblümt ins Antlitz blicken müsste. Es war unmöglich, sich vor ihr zu verstecken. Von allen Seiten war ich diesen bohrenden Blicken ausgesetzt, in der Hoffnung, dass irgendeine Regung meinerseits kommen würde.
Ich kam mir vor wie ein Tier im Zoo, welches wehrlos seine Zeit im Gehege absitzen musste. Dieses Gefühl wurde verstärkt, als ich plötzlich merkte, wie sich eine bedrohlich Stille im Raum breitmachte.

„Na, Leonie, weisst du die Antwort etwa nicht? So aufmerksam, wie du meinem Unterricht gefolgt bist, würde mich das nämlich höchst erstaunen“, meinte mein Mathematiklehrer, wobei die Ironie in seiner Stimme nicht zu überhören war. Ach du meine Güte, ich hatte gar nicht bemerkt, dass die Lektion bereits begonnen hatte! Ich musste wohl die ganze Zeit über völlig geistesabwesend hier gesessen haben. Da hatte ich ja wieder einmal einen tollen Eindruck hinterlassen...

„Ich, ähm..., Verzeihung, können Sie die Frage noch einmal wiederholen?"

„Natürlich kann ich das, ich könnte dir auch eine gute Note geben im Zeugnis, wenn ich wollte, aber das tue ich bei solch einem Desinteresse nicht. Wenn du lieber in der Gegend rumträumen willst, musst du nicht länger an meinem Unterricht teilnehmen."

Diese Aussage hatte gesessen. Schon immer hatte ich einen gewaltigen Respekt vor diesem autoritären, geschätzt zwei Meter grossen Mann besessen. Doch dies war das erste Mal, wo dieses Gefühl auch wirklich berechtigt war. Sein Blick ruhte unablässig auf mir, wodurch er mir zu verstehen gab, dass seine Worte ernst gemeint waren. Unter dem ausgelassenen Gegröle meiner Mitschüler stopfte ich also meine Schulsachen konzeptlos in meine Tasche und erhob mich. Ich hoffte, dass niemand das Zittern in meinen Gliedern bemerkte, als ich zur Tür lief und die Klinke runterdrückte. Ohne jemandem nochmals ins Gesicht zu blicken, schob ich mich durch den Spalt hindurch, der gerade gross genug war, um nicht mit der Tasche darin hängen zu bleiben. Als ich die Tür wieder zugezogen hatte, stützte ich mich kraftlos gegen eine Wand. Mein Herz pochte und pochte und pochte...

4. Erkenne dich selbst

Die darauffolgenden Wochen gingen vorüber, ohne dass ich wirklich davon etwas mitbekam. Ich hatte mich in meine eigene Gedankenwelt zurückgezogen, wo ich ungestört mein Leben führen konnte. Nun ja, sofern man dies überhaupt ein Leben nennen konnte. Womöglich nicht unbedingt jenes eines Menschen, da ein solches unter anderem auf gesellschaftlicher Interaktion und Kommunikation beruht, ein Faktor, der bei mir weitgehend eingestellt worden war.

Würde man aber meine Existenz mit jener eines Einsiedlerkrebses gleichsetzen, dann erfüllte dies durchaus alle Eigenschaften eines vollwertigen Individuums. Der einzig bedeutende Unterschied zwischen dem kleinen Tierchen und mir war, dass dieses für solch ein Leben prädestiniert ist und sich folglich keine Gedanken über eine allfällige Aufwertung davon macht. Ich hingegen war von Schranken umgeben, die mich zwar physisch im Damm halten konnten, mein Geist strebte aber nach wie vor nach höherer Erfüllung.

Doch je länger dieses Bedürfnis unangetastet blieb, desto mehr entschwand auch dieses mit der Zeit. Stattdessen wuchs in mir fortwährend das Bewusstsein über die Ausweglosigkeit und die damit verbundene Angst im Hinblick auf das Lager, welches unterdessen bereits bedrohlich nahe gerückt war. Nicht einmal die dicksten Mauern würden mein Bewusstsein von jenem, was dort um mich herum geschehen würde, abschirmen können. Doch es gab nichts, was mich davon hätte bewahren können. Ich bewegte mich weiter und weiter, geradewegs auf das andere Ende des Tunnels zu.

Am letzten Freitag vor besagter Endstation fuhr ich wie gewöhnlich im Bus von der Schule nach Hause. Die Bäume rauschten an mir vorbei, wobei sie durch die Geschwindigkeit verzerrt zu einer grünen, einheitlichen Mauer wurden, die jegliche Natürlichkeit und Freiheit verloren hatte. Sie umgab mich wie meine Gedanken, die mich von der Aussenwelt abgrenzten. Mitten im Himmel entdeckte ich die übriggebliebene weisse Linie eines zuvor vorbeigeflogenen Flugzeuges. Auch wenn sie von Wolken umzingelt war, sah sie dennoch einsam aus.

Als ich nach Hause kam, war Mike gerade dabei, im Wohnzimmer unsere Lieblingssendung zu schauen. Ich gesellte mich zu ihm, verspürte aber keinerlei Unterhaltung. Nicht einmal wenn mein Bruder lauthals loslachte, regte sich in mir etwas. Es war, als hätte sich in mir in den vergangenen Tagen eine völlige Leere ausgebreitet, die jegliche Empfindungen abgetötet hatte.

Auch das Abendessen lief nach dem gleichen Muster ab. Meine Familie lobte überschwänglich das hervorragende Essen, das meine Mutter hergezaubert hatte und schlugen sich die Bäuche voll. Ich hingegen ass appetitlos meine obligatorische Portion, aber auch nur, damit ich die Aufmerksamkeit der anderen nicht auf mich zog. Von ihren Gesprächen nahm ich nichts wahr.

Ich wurde erst aus meiner Trance herausgerissen, als meine Mutter Folgendes sagte: „Leonie, wir müssen morgen jetzt wirklich noch die nötigen Sachen für kommende Woche besorgen. Noch weiter rausschieben können wir dies nun echt nicht mehr." Sie sah mich mit einem tadelnden Blick an.

Panisch riss ich meinen Kopf hoch. Die Aufmerksamkeit meiner gesamten Familie war auf mich gerichtet. Ein unbändiger Drang kam in mir auf, all meine Verzweiflung endlich einmal rauszuschreien und ihnen mitzuteilen, was all die Zeit in mir vorgegangen war. Ich wollte endlich mal das Gefühl von Verständnis und Unterstützung zu spüren bekommen, selbst wenn es nur eine blosse Umarmung war. Doch so sehr sich diese Worte auch in mir aufbäumten, gelang es ihnen nicht, die Barriere zu durchbrechen, die sich in den vergangenen Wochen immer enger um mich gelegt hatte. Jegliche Kontrolle über meinen Körper war mir entglitten.

Nur noch am Rande bekam ich mit, wie ich mich vom Stuhl erhob und in mein Zimmer rannte, gefolgt von irgendwelchen verzerrten Rufen meiner Mutter. Das Blut rauschte in meinen Ohren, mein Herzschlag hallte durch den ganzen Raum. Wie in einem Strudel wurde ich mit immer stärker werdender Strömung in den Abgrund gezogen, aus dessen Sog ich mir nicht mehr heraushelfen konnte. Ich wollte nur noch weg von hier. Mit letzter Kraft riss ich meine Schublade auf und griff nach der Schere.

Daran, was anschliessend passiert war, konnte ich mich im Nachhinein nicht mehr erinnern. Alles war wie in einem Film abgelaufen, in dem ich zwar die Hauptrolle gespielt hatte, mir aber dennoch wie ein fremder Zuschauer vorgekommen war, der weder den Text noch den Handlungsverlauf kannte.

Das erste, was ich wieder wahrnahm, war ein sanftes Tätscheln auf meiner Wange. Ich fühlte mich völlig benebelt und mir gelang es zunächst nicht, meine Augen zu öffnen. War ich etwa eingeschlafen?

Ich spürte deutlich die Matratze meines Bettes unter mir. Aber nein, das konnte doch nicht sein, ich hatte mich doch gar nicht hingelegt. Mühselig hob ich meine Augenlieder, die mir unvermittelt die Sicht auf meinen Bruder freigaben. Als er meinen Blick bemerkte, umarmte er mich stürmisch und wurde von solch einem heftigen Heulkrampf geschüttelt, dass mein ganzes Bett bebte.

Völlig überrumpelt erwiderte ich seine Umarmung und schaute etwas orientierungslos in meinem Zimmer umher, um dadurch möglicherweise zu einer Erkenntnis zu gelangen. Dabei vernahm ich auf einmal die Stimme meiner Mutter, die aufgelöst den Telefonhörer am Ohr hielt.

„Ah, sie ist soeben aufgewacht."... „Ja, ihre Wunde haben wir desinfiziert, aber es wäre trotzdem gut, wenn sie sich jemand ansehen könnte." ... „Ist gut, vielen Dank. Bis nachher." Sie legte den Hörer auf das Nachttischchen und setzte sich zu mir auf die Bettkante. Auch ihr rollten Tränen die Wangen herunter.

„Ach Schätzchen, was machst du nur für Sachen", schluchzte sie.

„Was ist denn überhaupt passiert? Ich kann mich irgendwie an nichts mehr erinnern..."

„Dein Vater wollte vorhin bei dir vorbeischauen, ob bei dir alles in Ordnung ist, da du so plötzlich weggestürmt bist beim Abendessen. Da hat er dich am Boden liegen sehen und zunächst angenommen, du seist eingeschlafen. Als er dann aber näherkam, sah er eine Schere neben dir liegen...", ihre Stimme versagte.

Mein Vater übernahm das Wort, doch auch er klang gebrechlicher als sonst:

„Kannst du dir eigentlich vorstellen, was für einen Schrecken du mir eingejagt hast? Du hast so blass ausgesehen..."

Er verbarg das Gesicht in seine Hände, meine Mutter legte beschwichtigend die ihrige auf seine Schultern. Er setzte fort:

„Ich habe dich dann sofort ins Bett gelegt und die anderen alarmiert. Allzu lange warst du Gott sei Dank nicht bewusstlos. Der Krankenwagen wird jeden Moment eintreffen, sie werden dich zur Kontrolle mitnehmen müssen."

„Habe ich irgend etwas falsch gemacht? Falls ich dir je ein schlechtes Gefühl gegeben habe, dann tut es mir unendlich leid, das war wirklich nie meine Absicht. Du weisst doch, wie viel mein kleines Schwesterchen mir bedeutet. Du musst mit

uns darüber reden, wenn dich was bedrückt.", weinte mein
Bruder und drückte mich ganz fest an sich.

Auf einmal machte sich eine wohlige Wärme in mir breit,
die die eisige Kälte in mir nach und nach zum Schmelzen
brachte. In diesem Moment spürte ich die Liebe meiner Familie, nach der ich mich so lange gesehnt, meine Augen vor ihr
aber verschlossen hatte. Ich bekundete ihnen meine Sorgen,
die mich unentwegt geplagt hatten und fügte am Schluss noch
an, dass ich mein Verhalten aufrichtig bereuen würde. Das tat
ich wirklich. Aber offenbar hat es diese Wendung gebraucht,
um zu mir zurückfinden zu können. Und dafür war ich unendlich dankbar.

Ich wurde bereits nach wenigen Stunden von der Notfall-
station wieder entlassen, begleitet aber von der dringlichen
Empfehlung, an meiner Lebenssituation schleunigst was zu
verändern, um nicht wieder ins selbe Fahrwasser zurückzufal-
len.

Für die kommende Woche wurde ich zu meiner Erleichterung krankgeschrieben. Ich nutzte diese Zeit, um mit meinen
Eltern ausgiebig nach Alternativen zu meiner jetzigen Schule
zu suchen. Nach langem hin und her entschieden wir uns für
das Gymnasium in der Stadt, welches auch mein Vater be-
sucht hatte und Mike dieses Jahr abschliessen würde. Natürlich ging dieser Entschluss mit einem ziemlich mulmigen
Gefühl meinerseits einher, da mir ein Schulwechsel eine riesige Überwindung abverlangte. Da es mir aber einleuchtete,
dass es dadurch nur besser werden könnte, willigte ich diesen
Schritt schliesslich ein.

Etwas bereitete mir aber noch Kopfzerbrechen. Ich hatte
mich schon viel zu lange bei Ratio nicht mehr blicken lassen,
weshalb mich ziemliche Schuldgefühle plagten.

Daher begab ich mich noch in derselben Woche zum Weiher. Dieses Mal kam mir der Weg dorthin wie verändert vor.

Auf den saftig grünen Weiden muhten die Kühe zufrieden vor sich hin und Hunde sprangen aufgeregt um ihre Herrchen herum in der Hoffnung, ein Stöckchen geworfen zu bekommen. An dem vereinsamten Tischchen mit seinen abgewetzten Stühlen sass eine warmherzig wirkende, ältere Dame, die mir freundlich beim Vorbeigehen zuwinkte.

Ich spürte, wie die warmen Sonnenstrahlen mein Gesicht streichelten, als wollten sie auch das letzte bisschen Eis in mir der Vergangenheit angehören lassen. Schon von Weitem fiel mein Blick wieder auf den Weiher, der im hellen Licht funkelte, als wäre seine Oberfläche mit abertausenden von Diamanten geschmückt.

Die Wiese davor war seit meinem letzten Besuch um einiges gewachsen, wie ich etwas schuldbewusst feststellte. Doch der frische Duft von Blumen, Heu und dem Wasser stimmte mich zugleich so friedlich, dass ich meine trüben Gedanken gleich wieder verwarf. Kaum hatte ich mich auf den Steg gesetzt, ertönte sogleich das mir so vertraute Begrüssungsritual:

Nur in Stille und in Ruh'
Komm ich Ratio auf dich zu
Geleit' dich auf den rechten Weg
Wenn der Wind dich runterweht

„Ach Ratio, du weißt gar nicht, wie sehr ich dich vermisst habe! Es tut mir so leid, dass ich dich so lange habe warten lassen.", rief ich erleichtert, denn ich hatte auf dem Hinweg kurz die Befürchtung gehabt, dass sie sich gar nicht mehr blicken lassen würde.

„Bei der Treue kommt es auf das an, was man gewollt hat, nicht was man getan hat. An der deinigen zweifelte ich keine Sekunde. *Nam vitiis nemo sine nascitur.* Kein Mensch wird ohne Fehler geboren. So sollen dir diese auch verziehen sein."

Mir fiel ein gewaltiger Stein vom Herzen. Der Klang ihrer Stimme war wie Balsam für meine Seele. Ich schilderte ihr ausführlich, was in den letzten Wochen alles geschehen war. Nicht mal das kleinste Detail liess ich bei meinem Bericht aus. Als ich nach einer gefühlten Ewigkeit meinen Monolog beendete, hüllte sich Ratio zunächst in nachdenkliches Schweigen. Jedes ihrer Worte ist stets so peinlich genau durchdacht, sodass ihre Antworten immer etwas verzögert kamen. Endlich setzte sie zur Rede an:

„*Vivere militare est.* Leben heisst ein Kämpfer zu sein. Man darf sich nicht durch die Meinungen andere beeinflussen lassen. Denn gedenke: *Non omnibus unum est quod placet.* Es gibt nichts, das allen gefällt. Das Bestreben nach der Anerkennung aller führt unweigerlich ins Verderben, keinem irdischen Geschöpf wird dies zu erreichen je möglich sein. *Quot homines, tot sententiae.* So viele Menschen es gibt, so viele Meinungen gibt es auch. Du bist im letzten Moment vor dem Untergang noch bewahrt worden, dein Weg ist noch nicht zu Ende. Du bist dir dessen mittlerweile bewusst. Die Kenntnis der Ursachen bewirkt die Erkenntnis der Ergebnisse. So weisst du nun, woran du arbeiten musst, um zu dir zurückzufinden. Denn wie Seneca richtig gesagt hat, ist ein Teil der Heilung, geheilt werden zu wollen. *Pars sanitatis velle sanari fuit.* Erkenne dich selbst! Nosce te ipsum! Nur so kannst du dich von den Fesseln des Urteils befreien. Die Antwort darauf, wie du das nun anstellen wirst, findest du alleine in dir selber. Horche auf dein Herz und lass Worte bleiben. Sie verwirren bloss deine Sinne. Kehre nun in dich, ich werde dir nicht mehr weiter zureden. Trage meinen Rat in dir, er wird dir den Weg weisen. Bis dahin wünsche ich dir alles Gute.“

Mit dem verklingen ihrer Worte löste sich Ratio wieder in der Luft auf. Ich blinzelte benommen, ihre Rede hat mich förmlich in einen Bann gezogen, von dem ich mich mit ihrem

Verschwinden losgelöst hatte. Wie treffend sie die Dinge doch immer auf den Punkt brachte. Sie hatte mir die nötige Zuversicht gegeben, die ich nun für mein weiteres Vorhaben benötigte: dieses Schuljahr noch zu Ende bringen, bevor ich dann auf einen neuen Lebensabschnitt zusteuern würde.

Wie ich später feststellen konnte, gelang mir das erstaunlich gut. Um die Wunde an meinem Handgelenk legte ich ein dunkelbraunes, hölzernes Heiligenarmband, das mir meine Eltern quasi als Glücksbringer geschenkt hatten.

Meinen Mitschülern hatte ich meinen Plan, dass ich die Schule wechseln würde, bis kurz vor den Sommerferien verschwiegen. Seit ich mich nämlich dazu entschlossen hatte, machte mir deren Anwesenheit nichts mehr aus. Die Sprüche und Sticheleien perlten an mir ab wie Wassertropfen an einem Laubblatt, nichts konnte mehr den Stiel durchknicken. Es gab mir ein Gefühl der Überlegenheit, ihnen ins Gesicht schauen zu können und mir in den Kopf zu rufen, dass ich bald niemanden mehr werde sehen müssen. Ganz unbemerkt ging meine innere Wandlung an den anderen wohl aber doch nicht vorbei, denn ich spürte, wie ihre Bemühungen allmählich abflauten. Somit wurde meine Hypothese bestätigt, dass nur Menschen interessante Zielscheiben sind, welche es auch zulassen. Sobald man keine Reaktion mehr darauf zeigt, hat das Spiel auch seinen Spassfaktor verloren.

Eines Tages kam Julia im Gang etwas schüchtern und mit schuldbewusstem Blick auf mich zu. Offensichtlich wollte sie etwas loswerden:

„Du, Leonie, ich muss dir was sagen...“, druckste sie herum und scharte unruhig mit dem Fuss auf dem Boden.

„Es tut mir leid, dass ich dir nicht beigestanden habe, als die anderen so gemein zu dir waren. Ich weiss, es war dumm von mir, mich von den beiden mitreissen zu lassen. Mir fehlte einfach der Mut, ihnen zu widersprechen.“

Sie hielt kurz inne. Ich hörte ihr aufmerksam zu. Auch wenn ich erstaunt darüber war, dass sie mir das gestand, verblüfften mich ihre Worte nicht wirklich. Sie hatte auf mich nie einen schlechten Eindruck gemacht. Ich konnte ihr Verhalten sogar nachvollziehen, ich hätte mich an ihrer wohl kaum anders zu handeln getraut. Julia fuhr fort:

„Da gibt es noch etwas, was du wissen solltest... Du kannst dich sicher noch an den Mittag erinnern, wo wir alle am Tisch auf die Physikprüfung gelernt haben. Dir ist bestimmt nicht entgangen, wie abweisend die beiden auf dich reagiert haben. Ich hätte dir ja gerne geholfen, aber ich selber verstehe es wirklich auch nicht. Auf jeden Fall haben sie zu diesem Zeitpunkt einen Gruppenchat mit uns dreien erstellt, wo sie sich über dich ständig ausgelassen haben. Ich selber habe nichts hineingeschrieben, aber dennoch fühle ich mich extrem schuldig deswegen, denn sie haben ihn bis heute bestehen lassen und ich war zu feige, um daraus auszutreten. Ich kann mir vorstellen, dass dir ziemlich egal ist, was ich gerade von mir gebe. Ich würde von jemandem wie mir auch nichts mehr wissen wollen. Aber es ist mir einfach wichtig gewesen, dir das alles mal zu sagen. Ich kann dir einfach nur beteuern, dass es mir wirklich unendlich leid tut.“

Geknickt senkte sie ihre Augen zum Boden. Beim Anblick ihrer hilflosen Erscheinung übermannte mich auf einmal ein Anflug von Mitleid. Gerade jetzt, wo sie sich endlich dazu aufraffen konnte, über alles zu reden, musste ich ihr mitteilen, dass ich ohnehin nach den Ferien nicht mehr hier sein würde. Ich hoffte wirklich aus tiefstem Herzen, dass es ihr besser ergehen würde als mir. Gross zweifeln tat ich daran jedoch nicht, die Situation würde sich sicherlich entspannen, sobald meine Abwesenheit für keine weiteren Konflikte mehr sorgen würde. Freundschaftlich schloss ich sie in meine Arme und wünschte ihr alles Gute für ihren weiteren Weg. Wir versprachen uns gegenseitig, den Kontakt aufrecht zu erhalten. Nun konnte uns schliesslich niemand mehr etwas vorschreiben.

Am letzten Schultag entschuldigten sich auch noch Nasti und Nina bei mir, mein bevorstehender Schulwechsel hatte offensichtlich die Runde gemacht. Sie faselten irgendetwas in der Richtung von ‚Sie würden mich dafür bewundern, dass ich nach all dem überhaupt noch mit ihnen sprechen würde und dass ich ihnen dies ohne weiteres einfach verziehen hätte.'
Nun gut, es war ja schön und gut, dass sie irgendwie ihre Gewissensbisse im letzten Drücker noch loszuwerden versuchten. Ich tat so, als würde mich ihre vorgegaukelte Aufrichtigkeit auf irgendeine Art und Weise berühren, doch innerlich hatte ich schon längst mit ihnen abgeschlossen. Ich wusste genau, dass ich beim Verlassen dieser Schule nie mehr mit ihnen etwas zu tun haben würde.
Als die Schulklingel mir diesen Moment ankündigte, öffnete ich wie bei einem Befreiungsschlag zum letzten Mal die Tür dieses verliesartigen Gebäudes, welche mir den Weg zu einem neuen Leben bereitete. Die Sonne strahlte mir aufmunternd entgegen, was in mir förmlich den Geschmack nach unbekümmerten Tagen hervorrief. Endlich war ich frei. Gut gelaunt startete ich in die Sommerferien, ich war bereit für was Neues.

5. Eine unheilvolle Prophezeiung

Inzwischen war schon eine geraume Zeit vergangen, genau genommen drei Jahre.

Wider allen guten Vorsätzen hatte ich den Kontakt zu Julia verloren. Unsere Welten drehten sich einfach in verschiedenen Geschwindigkeiten weiter.

Ich konnte es kaum fassen, wie schnell die Zeit fortgeschritten war und noch weniger, wie viel seither geschehen war. Meine Erinnerungen an die alte Schule kamen mir mittlerweile so unreal vor, als wären diese gar nie ein Abschnitt meines Lebens gewesen, sondern lediglich eine Sequenz aus einem schon halb vergilbtem Film. Wie sehr hatte sich von da an doch alles verändert.

Woran ich mich aber noch bis ins letzte Detail erinnern konnte, war mein erster Schultag am neuen Gymnasium. Die Vorstellung, alleine in ein Schulhaus zu gehen, in dem ich mich weder auskannte noch auf irgendein mir vertrautes Gesicht stossen würde, jagte mir eine Heidenangst ein. Ich lag die ganze Nacht wach und war an besagtem Morgen so schweissgebadet, dass ich noch kurz unter die Dusche springen musste, bevor ich mich auf den Weg machen konnte.

Zu meiner grossen Erleichterung hatte mir Mike in den Ferien angeboten, mich an meinem ersten Tag in die Schule zu begleiten um sicherzustellen, dass ich in meiner Orientierungslosigkeit nicht irgendwo im Stadtgewimmel abhandenkommen würde. Ohne seine Unterstützung hätte ich mich wohl kaum aus dem Haus getraut. Da er ja selbst erst im Sommer den Abschluss dort absolviert hatte, war diese Rundführung für ihn ein Kinderspiel und gross aus der Masse rausstechen tat er auch nicht wirklich. Lediglich seine Laune war vielleicht etwas zu gut, als dass sie jene eines Schülers hätte sein können, dem wieder ein ganzes Schuljahr bevorstand.

Als er mich vor mein neues Klassenzimmer leitete, sassen und standen bereits einige Mädchen und Jungen etwas verloren davor im Gang rum und suchten krampfhaft irgendeine Beschäftigung, um deren Unsicherheit und die peinliche Stille zu überspielen. Die einen kramten in ihren Taschen nach einem dringend notwendigen Gegenstand, andere druckten mit beschäftigter Miene auf ihren Smartphones herum oder starrten geistesabwesend ins Leere, jedoch stets darauf bedacht, ihren Blick keineswegs mit jenem einer anderen Person zu kreuzen.

Offensichtlich fühlten sich meine zukünftigen Mitschüler genauso unwohl in ihrer Haut wie ich. Ein beruhigender Gedanke irgendwie.

Als es in die Stunde klingelte, löste sich auch das letzte Stückchen Vertrautheit in der Luft auf, da ich nun wohl oder übel auf mich alleine gestellt war.

Die Schulbänke waren zu meinem Entsetzen wie in meiner alten Schule hufeisenförmig angerichtet, eine Anordnung, deren Sinn ich bis heute noch nicht verstehe. Was spricht dafür, dass man durch den halben Raum in die Gesichter der gegenüber sitzenden Schüler glotzen muss, sofern man sich nicht gerade eine Nackenstarre einholt, wenn man etwas von der Wandtafel abschreiben muss? Nun gut, es gibt ja noch die horizontale Reihe, doch die steht so weit hinten im Raum, dass jeder Augenoptiker sein volles Werk vollbringen muss, damit man vorne noch irgendwas entziffern kann. Für diesen Tag erschien mir letzteres definitiv lukrativer, da es wirklich nichts Unangenehmeres gibt, als einen ganzen Tag lang einer Reihe unbekannter Leute ins Antlitz zu starren.

Daher hechtete ich bei Türöffnung sofort auf einen Platz in der hinteren Reihe.

Neben mir hatte sich bereits ein anderes Mädchen niedergelassen, das mich etwas schüchtern von der Seite ansah. Ich erwiderte ihren Blick, woraufhin wir unwillkürlich anfangen mussten zu kichern. Unsere angespannten Gesichter sahen aber auch zu komisch aus! Sie stellte sich vor: „Hi, ich heisse Amira. Und wie du siehst, bin ich ziemlich nervös, da ich keine Menschenseele hier kenne und keine Ahnung habe, wie ich mich je in diesem Labyrinth aus Zimmern und Gängen sollte zurechtfinden können."

Ich lachte: „Wem sagst du das! Ich bin Leonie, freut mich, dich kennenzulernen."

Wir waren uns auf Anhieb sympathisch und so blieb es auch die ganze Zeit.

Generell machte die Klasse auf mich einen sehr guten Eindruck. Schon vom ersten Tag an fühlte ich mich pudelwohl. Das ganze Ambiente war hier viel freundlicher und einladender als in der alten Schule. Vom Haupteingang des Gebäudes trat man direkt in eine grosse, lichtdurchflutete Halle, in deren Mitte sich ein Arrangement diverser blühender Pflanzen befand, welche im Vergleich zum verdorrten Gestrüpp in meiner alten Schule eindeutig mehr Lebensfreude versprühten. Zudem standen hier unzählige Tische und Stühle, welche zu gemeinsamen Plauderstündchen am Mittag geradezu einluden. An den Hallenenden führten jeweils eine Treppe rauf und runter, welche zu den Gängen mit den Schulzimmern führten. Die oberen Etagen waren ringförmig angelegt, sodass man von dort direkt in die Halle blicken konnte, ein ganz gelegener Zeitvertreib in den Pausen. Auch die Zimmer waren mit grossen Fenstern versehen, was sowohl für ein lockeres Ambiente als auch für helle Gemüter sorgte. Die perfekte Voraussetzung also für mentale Höchstleistungen (an dieser Stelle möchte man sich bitte eine sarkastische Stimme im Geiste hervorrufen).

Darüber hinaus konnte ich im Verlauf der nächsten Wochen eine äusserst positive Wendung vernehmen. Niemand kannte hier meine Noten, die sich von meinem Tief im vorherigen Jahr erholt zu haben schienen. Ich brauchte mich also vor niemandem zu verstellen, sondern konnte richtiggehend meine volle Persönlichkeit frei entfalten. Dies war nicht nur eine angenehme Erscheinung, sondern liess mir auch bewusst werden, dass die früheren Sticheleien nicht meiner Person an sich gegolten hatten, sondern dem Bild, das sich die Leute von mir zurechtgereimt hatten.

Neben diesen höchst erfreulichen Begebenheiten ereignete sich noch etwas anderes Wunderbares. Es war ein milder Herbsttag. Amira und ich genossen am Mittag die letzten wärmenden Sonnenstrahlen. Wir hielten unsere Gesichter mit geschlossenen Augen gen Himmel, als eine mir unbekannte Stimme mit uns zu sprechen begann.

„Verzeihung, könnte mir jemand von euch vielleicht kurz einen Stift ausleihen? Ich muss unbedingt was ausfüllen und habe meine Schreibmappe Zuhause vergessen."

Etwas träge wendete ich meinen Kopf in die Richtung, wo ich den Ursprung dieser Geräuschquelle vermutete. Mir stockte der Atem. Vor mir stand ein Junge ungefähr in meinem Alter, der mich aber mindestens um eine ganze Kopflänge überragte. Etwas verlegen streifte er mit seiner Hand durch seine hellbraunen Haare, die ihm lässig ins Gesicht hingen.

„Ähm... Ja klar, warte einen Moment", stotterte ich und kam mir dabei ziemlich unbeholfen vor. Wenn es jemanden gibt, der seinen ersten Eindruck so gründlich in den Sand setzen kann, bin das ich. Ich weiss auch nicht, woran das liegt. Immer, wenn ich mit einer unbekannten Person reden muss, scheinen mein Sprachzentrum im Gehirn und mein Mund jegliche Kooperationsfunktion vergessen zu haben. Als Folge davon starre ich dem Gesprächspartner entweder mit merkwürdig aufgerissenen Augen und Lippen wie ein Karpfen in Atemnot entgegen, oder ich gebe irgendwelche unartikulierte Laute von mir, die auf semantischer Ebene völliger Schwachsinn sind.

Um von meinem Sprachdefizit etwas abzulenken, kramte ich höchst konzentriert in meiner Tasche nach dem erwünschten Objekt. Da stiess mir Amira scheinbar unmerklich in die Seite und flüsterte mir zu: „Reiss dich etwas zusammen, ich glaub er mag dich. Sprich mit ihm."

„Ich kann nicht", versuchte ich ihr mit hilflosem Gesichtsausdruck zu vermitteln. Offenbar hatte sie verstanden, denn sie zwinkerte mit einem vielsagenden Blitzen in den Augen zurück: *„Keine Sorge, ich mach das schon."*

„Wie heisst du eigentlich? Wir würden schon gerne wissen, wem wir unseren kostbaren Stift anvertrauen", meinte sie sogleich mit neckischem Tonfall.

„Oh sorry, wie unhöflich von mir. Ich bin Kevin." Er reichte uns die Hand.

Ich erwiderte seine Geste, wobei er mir unverblümt in die Augen starrte, als würde er darin das tiefste Innere meiner Seele ergründen wollen. Auch wir stellten uns unsererseits kurz vor. Meine Knie schienen unter diesem Blick ihre Funktion als Stütze komplett vergessen zu haben. In meinen Eingeweiden fanden sämtliche kleine Tierchen Spass am Trampolin springen und eine Hitzewelle durchströmte meinen ganzen Körper, was insgesamt bestimmt ein ziemlich merkwürdiges Bild abgab. Aufgrund dieser Nebenwirkungen fiel die Diagnose eindeutig aus: Infektion à la Wolke sieben. Dafür gibt es nur zwei Behandlungsmöglichkeiten; zum einen das Medikament „Erwiderte Liebe", bei welchem der persönlich Auserwählte die eindeutig grössere Erfolgsquote hat als jegliche Tabletten, Tropfen oder ein Sirup. Sollte dies jedoch den Patienten nicht ansprechen, hilft nur noch ein operativer Eingriff. Dabei wird der Infizierte von seinen unnützen Gefühlen befreit und einer gehörigen Gehirnwäsche unterzogen, um seinen Schwarm endgültig aus dem Kopf zu vertreiben. Beide Eingriffe sind jedoch keine routinierten Eingriffe und können daher beim Fehlschlag der Durchführung unerwünschten Liebeskummer zur Folge haben.

Welche der beiden Varianten ich bevorzugte, war ja wohl klar, doch genau damit kam ich wieder an dem Punkt an, der diese undankbare Frage in den Raum stellte: Wie zur Hölle stellte ich das an?

Nun ja, zunächst einmal sollte ich ihm vielleicht endlich mal den Stift überreichen. Diesen hatte ich inzwischen sicher schon fünf Minuten in der Hand gehalten, da ich mich einfach nicht traute, ihn Kevin hinzustrecken. Wie peinlich, er war bestimmt schon ganz warm geworden. Doch ihn schien das offenbar nicht zu stören. Das ist der grosse Vorteil am männlichen Geschlecht: Sie sind einfach viel weniger auf Details fixiert als Frauen und denken vor allem nicht über die Bedeutung hinter jeder auch noch so kleinen Nebensächlichkeit nach.

Ich atmete erleichtert auf, meine Muskeln entspannten sich allmählich wieder. Kevin kritzelte irgendetwas auf einen Briefumschlag, woraufhin er mir mit einer galanten Handbewegung den Stift wieder zurückgab. Seine Gesten glichen merkwürdigerweise irgendwie jenen einer Frau und auch seine Sprechweise war eher einem melodischen Singsang zuzuschreiben als einer taffen Männerstimme. Weiter stören tat mich das aber nicht. Es sprach ja eigentlich für ihn, dass er nicht ein weiterer billiger Abklatsch dieses tausendfach vertretenen Prototyps war, sondern eine eigenständige Persönlichkeit.

„Darf ich dich als Dankeschön vielleicht nach der Schule zu einem kleinen Imbiss einladen?"

Mir rutschte das Herz in die Hose. Am liebsten wäre ich ihm natürlich mit Freudensprüngen um den Hals gefallen, gleichzeitig aber überfiel mich panisch der Gedanke, dass ich dann ohne Amiras Hilfe würde sprechen müssen. Das konnte doch nur in einem Desaster enden! Unsicher blickte ich zu ihr rüber. Sie blitzte mich vorwurfsvoll an. *„Stell dich nicht so an!"*

Verlegen grinste ich ihm also entgegen und erwiderte: „Gerne."
Für grössere Konversationen war ich momentan wirklich nicht im Stande.

„Super, in dem Fall bis später."
Völlig verdattert sah ich ihm hinterher. Was war nur gerade geschehen?

„Oh, wie aufregend!", quietschte Amira aufgeregt los. „Du musst mir dann unbedingt erzählen, wie es gelaufen ist."

„Aber wie soll ich das überleben? Ich werde mich bis auf die Knochen blamieren, wenn ich mit diesem Stotterzirkus wieder beginne."

„Ach Quatsch, das schaffst du schon. Stell dir einfach vor, ich sitze dir gegenüber und nicht er. Ist dann natürlich viel weniger aufregend aber der Zweck heiligt ja schliesslich die Mittel. Vertrau mir einfach."

Sie hatte leicht reden. So glorreich war ihr Tipp auch nicht gerade, dass ich nicht von selbst darauf gekommen wäre, die Umsetzung war einfach das Problem. Ich schickte ein Stossgebet gen Himmel, dass meine Sprachmotorik wenigstens an diesem Tag gesegnet sein würde. Mit Jungs hatte ich bisher nie wirklich gross was am Hut gehabt und hatte dementsprechend auch keinerlei Kenntnisse auf diesem Gebiet. Nun war offenbar der Moment gekommen, wo sich dies ändern sollte.

Mit einem lauten Seufzer erhob ich mich und begab mich mit Amira ins Schulhaus, da der Unterricht gleich beginnen würde. Als ob ich mich auch nur annähernd darauf würde konzentrieren können!

Wie sich später herausstellte, waren meine Sorgen völlig unbegründet. Als ich ihm wie abgemacht nach Schulschluss gegenüberstand, war meine Nervosität wie von Zauberhand verschwunden. Wir verstanden uns auf Anhieb super, es war schon fast so, als wären wir altbekannte Freunde, die nach langer Zeit endlich mal wieder füreinander Zeit gefunden hatten.

Genauso schilderte ich es auch Amira, mit der ich mich am darauffolgenden Tag extra schon eine halbe Stunde früher in der Schule eingetroffen hatte, um ihr alles brühwarm zu erzählen. Ihr erwartungsvolles Gesicht erinnerte mich irgendwie an jenes eines Hundes, der in der Hand seines Herrchens ein Leckerli vermutet.

„Los, erzähl jetzt endlich“, drängte sie mich. Geduld gehörte wirklich nicht zu ihren Stärken.

„Hach, wo soll ich da nur anfangen...“ Ich legte absichtlich eine extra gedehnte Pause ein, um sie noch etwas länger auf die Folter zu spannen. Ihr unruhiges Hin- und Hergezappel war aber auch zu köstlich.

„Also... Um es auf den Punkt zu bringen: es war grossartig.“

„Geht das vielleicht noch ein bisschen ausführlicher?“

„Na ja, er hat mich halt auf einen Smoothie eingeladen und wir haben sicher drei Stunden lang geredet.“

„Oh la la, das klingt aber vielversprechend.“

„Das kann man wohl sagen. So etwas habe ich wirklich noch nie erlebt. Es war so unbeschwert mit ihm, ich habe die ganze Zeit nur gelacht.“

„Und?“

„Was und?“

„Wie soll es nun weiter gehen?“

„Woher soll ich das wissen?“ Ich stellte mich natürlich extra auf begriffsstutzig, da ich das Ganze nicht wirklich in Worte fassen konnte. Es kam mir alles wie ein schöner Traum vor, der sich in Luft auflösen würde, sobald ich jemandem darin Einblick gewährte.

„Denkst du denn, es hat zwischen euch gefunkt?“

„Puh, schwer zu sagen.“

„Ach herrje, jetzt lass dir doch nicht jede Information einzeln aus der Nase ziehen, das ist ja zum Verrücktwerden mit dir.“

„Ist ja gut, ich wusste nicht, dass dich die Einzelheiten so brennend interessieren würden. Was ich von ihm herausgefunden habe, ist, dass er wie ich einen älteren Bruder hat, dass er gerne shoppen geht und, naja, irgendwie einen etwas weiblichen Musikgeschmack hat, daran muss er meiner Meinung nach noch arbeiten.“

„Was, ein Junge, der shoppen geht? Du Glückspilz!“ Amira starrte mich ungläubig an.

„Ja, nicht wahr? Hätte es auch nie für möglich gehalten. Hm... Ansonsten habe ich über ihn selber ehrlichgesagt nicht mehr wirklich viel erfahren. Aber wir teilen definitiv denselben Humor, so viel steht fest. Und seine Augen... Die sind einfach umwerfend.“

„Und?“ Sie grinste mich gönnerhaft an.

„Was denn nun wieder?“ Allmählich ging mir mit meinen Schilderungen wirklich die Luft aus.

„Du weisst schon, was ich meine.“

„Wenn es so wäre, würde ich dich nicht danach fragen.“

„Mensch, du stehst ja vielleicht auf dem Schlauch. Ich will natürlich wissen, ob er dich geküsst hat!“

Mir fiel die Kinnlade runter. „Wie bitte?“

„Ach komm schon, jetzt hab dich nicht so. Hat er, oder hat er nicht?“

Empört wegen ihrer Direktheit wollte ich zum Protest ansetzen, gab dann aber schliesslich meine Bemühungen auf und begann verschmitzt zu grinsen. Es half ja doch nichts, sie würde mich ansonsten einfach so lange mit Fragen löchern, bis ich endlich mit der Sprache rausrücken würde, sofern ich mich nicht zu einem Schweizer Käse verwandeln wollte. Logischerweise deutete sie meinen Gesichtsausdruck genau richtig.

„Na also, wusst’ ich’s doch, du altes Partyluder!“, prustete sie los und klopfte mir anerkennend auf die Schultern.

Doch da wurde sie auf einmal ganz ernst und nachdenklich. Als ich sie fragte, was los wäre, wollte sie jedoch zunächst die Katze nicht aus dem Sack lassen. Offenbar rang sie mit sich selbst.

„Hör mal, ich möchte ja wirklich keine Spassbremse sein, aber mir ist etwas zu Ohren gekommen, das du vielleicht wissen solltest.“

Ich horchte misstrauisch auf.

„Was denn?“, fragte ich, denn ihre plötzliche Stimmungsschwankung konnte nichts Gutes verheissen.

„Sei mir aber bitte nicht böse, wenn ich dir das jetzt sage, womöglich stimmt es ja nicht einmal.“

„Jetzt sag schon“, drängte ich.

Sie stiess einen tiefen Seufzer aus. „Also gut. Ein guter Freund von mir, der im selben Dorf aufgewachsen ist wie ich, ist vor einem Jahr hier in die Stadt gezogen. Aus reiner Neugierde habe ich ihn gestern gefragt, ob er einen gewissen Kevin kenne, und stell dir vor, sie sind letztes Jahr tatsächlich in dieselbe Klasse gegangen.“

„Und worin liegt jetzt das Problem?"

„Naja, er meinte halt, man solle sich vor ihm in Acht nehmen."

„Inwiefern?", hakte ich nach.

„Die allgemeine Meinung unter den Jungs in seiner Klasse war, dass er eine ‚falsche Schlange' sei. Er biedert sich angeblich immer bei allen Mädchen an und braucht ständig die Aufmerksamkeit und Bestätigung anderer Leute. Zudem bestünde sein ganzer Freundeskreis nur aus weiblichen Personen, was wohl auch sein Verhalten erklären würde. Viele hegen ja den Verdacht, er stehe auf Jungs."

„Das ist doch völliger Blödsinn. Er muss einen anderen Kevin gemeint haben."

„Habe ich auch gehofft, aber es ist leider kein Irrtum." Zerknirscht betrachtete sie ihre Hände, als würde sie in deren Fläche nach einer einleuchtenden Lösung für unser Problem suchen. Ich konnte es nicht fassen. Ihre Aussagen deckten sich überhaupt nicht mit dem Bild, das ich mir von ihm erstellt hatte. Konnte ich mich in einer Person wirklich so täuschen?

„Aber mach dir nicht so einen Kopf draus. Wie ich schon gesagt habe: Ich weiss echt nicht, ob man seine Schilderungen auch wirklich für bare Münzen nehmen kann. Grundsätzlich ist er ja eigentlich immer sehr ehrlich und vertrauenswürdig, aber auch Jungs können hin und wieder mal Tratschtanten sein und die Wahrheit gründlich verzerren. Ich wollte es dir einfach sagen, damit du allenfalls deine Augen nach derartigen Warnsignalen offenbehältst. Es ist nur zu deiner eigenen Sicherheit."

Ihre Worte stimmten mich nachdenklich. Eigentlich hatte ich von mir bisher immer angenommen, dass ich Menschen und ihre Verhaltensweisen ziemlich gut einschätzen konnte und schnell durchschaute, wenn hinter einer sympathischen

Fassade ein Kern haust, der damit nicht korrespondiert. Immerhin sind mir solche Beispiele schon oft genug unter die Augen getreten. Daher würde es mich nun doch sehr erstaunen, wenn ich mich dermassen auf dem Holzweg befinden würde.

Zugegeben, ich hatte bisher noch nie einen Freund gehabt, da sich ehrlichgesagt die Jungs nie gross für mich zu interessieren schienen. Niemand wollte sein Image mit einer „öden Streberin" wie mir besudeln, und wenn einer dann doch einmal Anstalten machte, ein Auge auf mich geworfen zu haben, stellte sich dies jedes Mal als ein dummer Streich heraus. Einmal hatte mir ein Junge aus einer früheren Klasse geschrieben, dass er mich ganz süss fände und fragte mich, ob ich gleich empfinden würde wie er. Ich war natürlich in diesem Moment so geschmeichelt gewesen, dass ich dies ohne gross zu überlegen bejaht hatte. Was ich nicht hatte wissen können, war, dass er dies gleich allen aus der Klasse zeigen musste und eine Woche später sogar eine andere Mitschülerin eroberte. Neben diesem demütigenden Gefühl war ich natürlich zum Gespött unseres Jahrgangs geworden.

Demzufolge hatte ich anfangs auch bei Kevin das Gefühl, dass er bloss eine Wette verloren hatte und als Einsatz das erstbeste Mädchen ausführen musste, das seine Kollegen gerade hatten finden können. Als er sich dann aber so lieb und aufgeschlossen mir gegenüber verhalten hatte, hatten sich meine Zweifel nach und nach verflüchtigt. Noch nie hatte mein Herz dermassen wild in meiner Brust gehämmert, zumindest nicht aus positiven Gefühlen. Ich konnte und wollte mich einfach nicht mit dem Gedanken abfinden, dass ich mich schon wieder so irrte. So viele Jahre hatte ich mich von Warnsignalen leiten und einschränken lassen, jetzt war es endlich mal an der Zeit, dass ich meinen Kopf ausschaltete und mein Herz sprechen liess.

6. Im Schatten der Wahrheit

So nahm das Ganze seinen Lauf. Die warnenden Stimmen ignorierend begab ich mich in das bisher grösste Abenteuer meines Lebens.

Anfänglich versuchten wir, unsere Beziehung noch geheim zu halten, da keiner von uns grosse Lust verspürte auf einen riesen Aufruhr um uns in der Schule, was natürlich eine Sache der Unmöglichkeit war. In diesem Alter wird nun mal belanglosem Klatsch und Tratsch ein viel höherer Rang zugeschrieben als sinnvollen Dingen. Diesem Phänomen hatte ich jedenfalls zu verdanken, dass diese Neuheit die Runde machte in der Geschwindigkeit eines Profisportlers auf der Tartanbahn.

Die Tatsache selbst, dass sie darüber in Kenntnis gesetzt worden waren, störte mich nicht einmal wirklich. Vielmehr das Nebenprodukt, welches dabei entstand, konnte unter Umständen etwas unangenehm sein. Denn ganz offensichtlich übersteigerte es die Kapazität an Toleranz, wenn jemand nicht nur in der Schule sich ganz gut durchzuschlagen schien, sondern auf einmal auch im Privatleben ein Upgrade erhalten hatte. Eines davon wurde mehr oder weniger stillschweigend geduldet, doch beides auf einmal zu besitzen galt als inakzeptabel und konnte so nicht mehr hingenommen werden. Demzufolge war es nicht weiter verwunderlich, dass zeitgleich allmählich das Gefühl von unterdrücktem Neid wieder aufkam, der hin und wieder eruptiv überkochte.

Ich persönlich bekam davon nichts mit, Amira hingegen, die im Gegensatz zu mir ihren Schulweg mit den meisten unserer Mitschüler teilte, wurde Zeugin eines Gespräches, welches sie mir natürlich gleich hautnah am darauffolgenden Tag schilderte. Anstoss dafür war wohl eine Mathematikprüfung gewesen, die den meisten gründlich in die Hose gegangen war. Offenbar wurde die Schuld daran mir gegeben, wie Amira mir in einer Mischung aus Empörung und Belustigung berichtete:

„Ich konnte es echt kaum fassen, aber Larissa hat doch tatsächlich vor versammelter Menge im Zug gestern gesagt, dass sie es unverschämt fände, dass du ihnen nie deine Hausaufgaben schicken oder ihnen beim Lernen helfen würdest, nur damit du selbst die Lorbeeren dann am Test abräumen könntest."

Dabei möge noch kurz erwähnt sein, dass Larissa eines dieser verzogenen Mädchen ist, dessen neureiche Eltern das Schenken von Luxus und Markenklamotten nicht zu scheuen scheinen, die Begriffe „Fleiss" und „Eigenverantwortung" in ihrer Erziehung aber nicht allzu oft verwendet haben. Wenn einem immer alles in den Schoss fällt von Haus aus, ist es verständlich, dass es für den Verstand hinter diesem mit Make-up vollgekleisterten Gesicht unbegreiflich ist, wenn in der Realität ausserhalb der eigenen vier Wände andere Regeln gelten. Dies hielt sie dann aber selbstverständlich nicht davon ab, den Fehler nicht bei sich selbst zu suchen, sondern die Schuld jemand anderem zuzuschreiben.

„Zudem hättest du ihrer Meinung nach kein Leben, da du immer nur am Lernen seiest und keine Freunde hättest. Sie hätte zwar gerne deine Noten, im Anbetracht dieses riesen Opfers aber würde sie nie und nimmer mit dir tauschen wollen. Glaub mir, als ich das hörte, konnte ich mein Lachen echt kaum zurückhalten, solch eine geballte Ladung von Dummheit und Eifersucht habe ich schon lange nicht mehr gehört."

Ich starrte sie ungläubig an, konnte mich aber nicht so recht entscheiden, ob ich nun darüber verärgert oder amüsiert sein sollte. Ihre Aussagen waren totaler Blödsinn, denn ich half jedem, der persönlich auf mich zukam und um meine Unterstützung bat. Wenn aber um elf Uhr abends im Klassenchat die gleichen faulen Leute wie immer fragten, ob jemand die Hausaufgaben für den nächsten Tag schicken könnte, war meiner Grosszügigkeit ein klares Ende gesetzt. Wenn ich mir schon die Mühe gab, dann um auch wirklich jemandem weiterzuhelfen und nicht, um deren Müssiggang zu fördern. Schon gar nicht, wenn man sich dafür nicht einmal dankbar zeigte.

Kevin, der an unserer Gesprächsrunde ebenfalls teilnahm, hatte auch nicht mehr als ein wortloses Kopfschütteln übrig.

„Haben denn andere auch noch was gesagt?", fragte er gerade.

„Das ist es ja, das Beste kommt noch. Wie immer waren ihre ebenso dämlichen Busenfreundinnen Chantelle und Melanie mit von der Partie. In ihrer ätzend schrillen Stimme behauptete erstere, sie habe aus zuverlässiger Quelle erfahren, dass du jeden Abend um acht Uhr ins Bett gingest und deine Eltern dich um zwei Uhr morgens wecken würden, damit du bis zu Schulbeginn ungestört durchlernen könntest."
„Wie bitte? Das ist ja noch Hirnverbrannter als das von vorhin! Haben sie das Gefühl, meine Eltern hätten nichts Besseres zu tun als Nachtwache zu halten?"

„Du ich habe keine Ahnung, aber das ist immer noch nicht der Gipfel vom Eisberg. Melanie hat daraufhin erwidert, dass dein Bruder all deine Hausaufgaben machen würde, du hättest dies mir angeblich mal im Klassenzimmer zugeflüstert und sie hätte dies mitbekommen. Dies würde auch erklären, weshalb du ihnen nie helfen würdest, da du bis kurz vor den Tests selbst den Stoff nicht verstündest. Das sei auch die Begründung dafür, dass du vor den Prüfungen immer schwänzen würdest, du müsstest dir alles noch beibringen."

Kevin konnte bei dieser Aussage nicht mehr an sich halten. Aufgebracht wedelte er mit seinen Händen in der Luft herum und verwünschte mit beinahe sich überschlagender Stimme die drei Mädchen. Ich war zwar gerührt von seiner Anteilnahme, wirklich aufregen konnte ich mich aber nicht wirklich. Mir machten solche Lästereien nichts mehr aus, da es bloss der Neid war, der aus ihnen sprach. Zudem hatte ich ohnehin nichts zu befürchten, da ich nun Amira und Kevin an meiner Seite wusste und ich mich sicher und beschützt fühlen konnte. Letzterer nahm mich soeben in seine wohligen Arme und drückte mir einen liebevollen Kuss auf den Mund.

„Lass dich nicht von denen unterkriegen, du weisst, wir stehen immer hinter dir, egal was kommt."

Glücklich lächelte ich ihn an und spürte, wie sich eine angenehme Wärme in mir ausbreitete, welche mich selbst in den kältesten Wintertagen vor dem Frieren bewahrt hätte.

„Äh-häm", räusperte sich Amira geräuschvoll, „Ich möchte euch Turteltäubchen ja nur ungerne unterbrechen, aber es hat in den Unterricht geläutet. Wir sollten vielleicht besser mal in unsere Zimmer gehen."

Widerwillig löste ich mich von ihm los und eilte Amira hinterher, die sich bereits im Eiltempo auf den Weg gemacht hatte.

Auch wenn mir dieses Geschwätz nicht gross was ausmachte und ich mich eigentlich hätte glücklich schätzen sollen mit meinem Leben, trübte dennoch etwas mein Gemüt. Paradoxerweise betraf es genau diesen Bereich, der mich genau vor solchen Gefühlen hätte bewahren sollen. Im Grunde genommen zweifelte ich an Kevins Empfindungen mir gegenüber nicht. Klar, zu hundert Prozent sicher kann man sich in solchen Sachen nie sein, aber in der Regel gibt einem sein Bauchgefühl ziemlich treffend Auskunft darüber. Natürlich war dieses bei mir positiv gestimmt, wäre beim eigenen Freund ansonsten etwas merkwürdig gewesen.

Trotzdem war da aber etwas, was dieses Gefühl in seiner vollen Entfaltung hemmte. Anfangs konnte ich dies nicht so recht einordnen, doch bei genaueren Beobachtungen von ihm räumte sich nach und nach Klarheit bei mir ein. Bei meinen Analysen schossen mir auch oft Amiras Worte ‚viele würden wegen seinem Verhalten das Gefühl haben, er stehe auf Jungs‘ in den Kopf. Diese wusste ich selbstverständlich zu verneinen, dennoch blieb ich oft an diesem Gedanken hängen. In der Tat konnte man an ihm gewisse Merkmale vernehmen, die allenfalls darauf hindeuten könnten. Aber nur, weil er sich nicht wie einer dieser aufgeblasenen Machos merkwürdig schlendernd fortbewegte, konnte man nicht direkt solche Schlüsse ziehen. Meiner Meinung nach sind die Personen ohnehin viel interessanter, die ihre gesamte Existenz nicht bloss nach einem Stereotypen ausrichten, sondern den Mut aufbringen, anders zu sein. Doch dies führt stets unweigerlich zur Debatte, welche Gründe jemanden zu diesem Verhalten treibt, so geisterte auch mir dieses Phänomen stets im Kopf herum. Da Kevin zusätzlich keine männlichen Freunde besass, waren seine Freizeitaktivitäten weitgehend mit jenen eines Mädchens in unserem Alter kongruent: Shoppen, tratschen und komisch triefende Schnulzenmusik hören von irgendwelchen Teeniestars mit unangenehm hoher Stimme.

Ganz unbegründet war es also nicht, dass ich zusehends misstrauisch wurde, obschon ich mich für dieses kategorische Denken etwas schämte, da ich genau weiss, wie viel Unrecht man damit jemandem antun kann.

Wenn ich ihn aber hin und wieder dezent darauf hinwies, wimmelte er jedes Mal meine Andeutungen brüsk ab und wechselte etwas gereizt das Thema. Dies stimmte mich stets etwas nachdenklich. Womöglich bildete ich mir dies alles nur ein und hatte mich wider all meiner besseren Vorsätze von diesem Gerede über ihn beeinflussen lassen. Beschämt über mein taktloses Verhalten entschuldigte ich mich dann bei ihm, worauf er mir lediglich ein „Wenigstens dir hätte ich etwas mehr Verstand als diesen hirnlosen Idioten zugetraut" zugrummelte. Damit waren seine Mitschüler gemeint, welche wie in seiner alten Klasse immer wieder mal solche Bemerkungen ihm gegenüber fallen liessen.

Auch wenn mich seine Antwort noch schuldbewusster fühlen liess, bestätigte sie doch erst recht meine Vermutungen. Wenn jeder die gleichen Gedanken hegte, konnte es doch nicht völlig an der Nase herbeigezogen sein.

Da ich mir beim besten Willen bei diesem Dilemma alleine nicht weiterhelfen konnte, fragte ich Amira eines Tages, ob sie mit mir nach der Schule noch auf einen Milchkaffee in der Stadt bleiben würde.

Wie nicht anders zu erwarten willigte sie freudig ein, worauf wir kurz darauf in einem schnuckeligen Café in Sesseln lümmelten und an unseren dampfenden Tassen nippten.

Natürlich war sie neugierig, was der Anlass dieses spontanen Treffens war, weshalb ich gar nicht erst lange um den heissen Brei herumredete. Ich teilte ihr meine Gedanken mit, wobei sie konzentriert zuhörte, die Ellbogen auf die Knie gestellt und den Kopf auf die Hände gestützt. Als ich meine Rede beendete, liess sie sich zunächst geräuschvoll in den Sitz zurückplumpsen und schien einen Moment lang zu überlegen.

„Ich habe interessanterweise schon oft ähnliche Überlegungen angestellt wie du. Irgendetwas Wahres muss es an dem Ganzen wohl wirklich haben. Die Frage ist jetzt, wie und ob du überhaupt nun vorgehen willst."

„Wie meinst du das?"

„Nun ja, offenbar beschäftigt es dich ja. Klar habe ich mir auch meine Gedanken dazu gemacht, aber mich betrifft es im

Gegensatz zu dir nicht. Du musst damit umgehen können, was dir gemäss deinen Schilderungen nicht unbedingt leichtfällt, oder sehe ich das falsch?"

„Nein, du hast Recht... Ich beginne mich allmählich zu fragen, ob er tatsächlich Gefühle für mich hegt oder ob er sich bloss dem Druck der Gesellschaft unterwirft und insgeheim an Frauen gar kein wirkliches Interesse hegt, zumindest nicht auf sexueller Ebene."

„Das ist natürlich Gift für eure Beziehung, wenn du dir nicht einmal mehr seiner Gefühle dir gegenüber sicher sein kannst. Ich rate dir, dieses Problem so schnell wie möglich anzugehen, ehe euer Verhältnis wegen deinem Misstrauen in die Brüche geht."

„Ich weiss, du kannst dir nicht vorstellen, wie oft ich schon meinen Kopf darüber zerbrochen habe... Ich habe einfach Angst, dass er es in den falschen Hals kriegen könnte. Du hast bestimmt schon gesehen, wie gereizt er bereits auf die kleinste Anspielung in diese Richtung reagiert."

„Das könnte allerdings ein wirkliches Problem sein... Du musst dich extrem behutsam an dieses Thema herantasten. Beim geringsten Fehler schreckt er sofort zurück. Du musst ihn wie ein Kaninchen mit einer Karotte aus seinem Versteck locken und darfst auf gar keinen Fall eine hastige Bewegung ausführen."

Ich lachte etwas matt. „Dein Hasen-Gleichnis mag ja vielleicht ganz treffend sein, aber wie bitteschön soll ich das auf einen offenbar nicht zum Reden gewillten Jungen übertragen?"

„Da kann ich dir leider auch nicht so recht weiterhelfen, schliesslich kennst du ihn besser als ich und kannst eher einschätzen, was eine geeignete Situation dafür wäre."

„Na super, jetzt bin ich genau keinen Schritt weiter als noch vor unserem Gespräch", stiess ich zerknirscht hervor.

Warum musste diese ganze Angelegenheit aber auch so prekär sein!

„Wichtig ist einfach, dass es an einem Ort ist, wo er sich wohl fühlt. Am besten sprichst du ihn mal bei ihm Zuhause darauf an, wenn sonst gerade niemand in der Wohnung ist. Dann ist es ihm unter Umständen noch eher möglich, sich dir gegenüber zu öffnen, als wenn im Zimmer nebenan seine Mutter gerade die Wäsche bügelt."

„Witziger Zufall, Kevin hat mich für diesen Freitag zu sich nach Hause eingeladen, da seine Eltern bei irgendwelchen Leuten zum Essen eingeladen sind."

„Na siehst du, das ist ja schon morgen, wenn das mal nicht ein Wink vom Schicksal ist! Diese Gelegenheit musst du beim Schopf packen, wer weiss, wann sich dir die nächste bieten wird."

Mir wurde etwas flau im Magen. Ich wollte zwar insgeheim etwas gegen meinen Verdacht unternehmen, beim Gedanken an die Realisierung meines Vorhabens bekam ich dann aber doch etwas kalte Füsse. Ich schluckte den Rest meines Milchkaffees runter und nickte ergeben. Ich musste nun wirklich zur Tat schreiten. Wie ich das anstellen sollte, war nun aber ganz allein mir überlassen.

Amira dachte wohl genau das Gleiche, denn sie erhob sich just in diesem Moment, um sich von mir zu verabschieden. Sie drückte mich an sich und meinte noch aufmunternd, ehe sie ging: „Du schaffst das schon. Ich stehe dir immer zur Seite, wenn etwas passieren sollte."

Ich machte mich ebenfalls auf den Heimweg. Was würde ich nur ohne meine Freundin tun! Sie wusste gar nicht, wie dankbar ich ihr war.

Am darauffolgenden Tag ging ich mit einem ziemlich unbehaglichen Gefühl in die Schule. Gott sei Dank war Amira darauf schon eingestellt, weshalb sie mir jedes Mal mit ihrem Fuss an mein Bein stiess, wenn ein Lehrer meinen geistesabwesenden Gesichtsausdruck zu bemerken schien. So gelang es mir ohne grosse Komplikationen, den Unterricht hinter mich zu bringen. Eine Zusammenfassung vom Tag hätte ich aber beim besten Willen nicht hingekriegt.

Nach der Schule wartete Kevin bereits vor meinem Klassenzimmer auf mich, da er eine Stunde vor mir aushatte. Seine Augen strahlten, als sie meine erblickten, und er lief mir entgegen, um mich zärtlich an sich zu drücken.

„Ich habe mich schon den ganzen Tag auf heute Abend gefreut", flüsterte er mir dabei ins Ohr, wobei mich riesige Schuldgefühle überkamen. Da war er so süss zu mir und ich musste natürlich mit meinen dämlichen Zweifeln die ganze Stimmung ruinieren.

Amira, die etwas weiter hinten stehen geblieben war, aber nahe genug, um seine Worte zu hören, warf mir einen tadelnden Blick zu. Weshalb musste sie mich aber auch immer durchschauen können! Trug ich etwa meine Gedanken in unsichtbarer Schrift frei auf meiner Stirn durch die Gegend, welche unter ihrem Laserblick zu leuchten begannen? Etwas genervt rollte ich die Augen, schickte ihr dann aber doch noch ein entschuldigendes Lächeln hinterher. Sie hatte ja Recht.

Auf dem Weg zu Kevins Zuhause quaselte dieser glücklicherweise praktisch ohne Punkt und Komma vor sich hin, wodurch ich in Ruhe meinen Plan noch einmal überdenken konnte. Mein Herz schlug mir bis zum Hals, als er die Tür zu seiner Wohnung aufschloss und mich hereinbat. Ich war zuvor schon einige Male da gewesen, weshalb mir der hauseigene Duft, der mir beim Eintreten entgegenkam, bereits vertraut war. Da es noch zu früh war, um Abendessen zu kochen und zu dieser Zeit nichts Schlaues im Fernseher lief, begaben wir uns direkt in sein Zimmer, wo wir uns etwas müde vom Tag aufs Bett fallen liessen.

Für eine Weile lagen wir stillschweigend einfach so da, ich mit meinem Kopf an seine Brust gekuschelt, er auf dem Rücken mit dem Gesicht zur Decke gerichtet. Ich fühlte mich aber zusehend unruhiger, weshalb ich mich (wenn auch äusserst widerwillig) aufrappelte und mich auf die Bettkante setzte, wobei ich nachdenklich meine Füsse begutachtete. Ihm entging meine plötzliche Gefühlsänderung nicht, weshalb er seinen Kopf zu mir drehte und fragte: „Ist alles in Ordnung mit dir?"

Nun war die Stunde der Wahrheit gekommen. Jetzt bloss nicht in seine besorgten Kulleraugen blicken, sonst konnte ich meinen Plan gleich in die Tonne werfen. Ich holte tief Luft und versuchte, so gleichgültig wie möglich zu klingen, als ich erwiderte: „Och ja, eigentlich schon. Mir ist einfach gerade eine Frage in den Kopf gestiegen, die ich selbst irgendwie nicht so recht zu beantworten weiss."

„Kann ich dir dabei irgendwie behilflich sein?" Er verstand offenbar nur Bahnhof. Verübeln konnte ich es ihm nicht, schliesslich wusste ich selbst nicht einmal wirklich, wo die Reise hingehen sollte.

„Es ist eigentlich nichts Weltbewegendes, es nimmt mich einfach Wunder", versuchte ich das Ganze etwas zu entschärfen.

„Was denn?"

„Ich habe kürzlich in einer Zeitschrift so eine Umfrage gesehen, die mich irgendwie nicht mehr in Ruhe lässt."

Das war natürlich völlig aus den Wolken gegriffen, so eine Umfrage war mir noch nie vor die Augen gekommen, ich las solche Tratschheftchen nicht einmal.

„Die Frage lautete nämlich, also jetzt an einen Mann gerichtet, ob er lieber mit einer total abstossenden Frau oder mit einem attraktiven Mann etwas anfangen würde, wenn er sich entscheiden müsste.“

„Was ist denn das für eine dämliche Frage?“, entrüstete er sich.

„Keine Ahnung, ich habe mich auch gewundert, aber ich finde sie irgendwie noch ganz spannend. Was hältst du davon?“

„Wie jetzt?“

„Also wie würdest du darauf antworten?“

„Pff, keine Ahnung. Ich halte solche Umfragen sowieso für den grössten Humbug.“

„Ach, komm schon, jetzt sei mal nicht so ein Spassverderber.“ Ich knuffte ihn spielerisch in die Seite in dem leicht verzweifelten Versuch, die Stimmung etwas aufzulockern. Er war sichtlich angespannt.

„Nun sag schon, es gibt kein Richtig oder Falsch.“

Er stöhnte genervt auf. „Na schön, wenn du dann wenigstens endlich Ruhe gibst!“
Er zögerte. Entweder konnte er sich nicht auf eine Antwort festlegen oder aber er war sich nicht sicher, ob er diese auch wirklich äussern sollte.

„Hm... Wenn ich mich jetzt wirklich entscheiden müsste, dann würde ich wohl den Mann wählen.“

Strike! Das war genau die Ausgangslage, die ich mir erwünscht hatte, um mein weiteres Vorgehen in Angriff zu nehmen. Nun hatte ich den Fisch quasi an der Angel, ich musste ihn nur noch aus dem Wasser ziehen.

„Ach was, wirklich?“ Ich tat höchst erstaunt. Das gehörte natürlich alles zu meinem Plan.

„Ehrlichgesagt hätte ich persönlich trotzdem das andere Geschlecht gewählt, egal wie abstossend diese Person auch sein mag. Ich glaube, ich könnte mich nicht auf eine Frau einlassen, das würde sich irgendwie falsch anfühlen."

Ich war aufgestanden und ans Fenster getreten, um Kevin nicht allzu sehr zu bedrängen. Als ich nun aber zur alles entscheidenden Frage ansetzte, drehte ich mich wieder zu ihm und blickte ihm unverhohlen in die Augen, sodass es ihm nicht möglich war, auch nur die kleinste Gefühlsregung vor mir zu verbergen.

„Stehst du etwa neben Frauen auch auf Männer?"

Ich vernahm ganz deutlich, wie sein Gesicht bei meinen Worten zusammenzuckte. Er versuchte diese zunächst zu negieren, meine Augen ruhten jedoch so durchbohrend auf ihm, dass er ihnen nicht mehr standhalten konnte und plötzlich in lautes Schluchzen ausbrach. Darauf war ich nun wirklich nicht vorbereitet gewesen. Ratlos verharrte ich eine Weile in meiner Pose, ehe ich mich neben ihn setzte und meinen Arm etwas unbeholfen um ihn legte.

„Hey, was ist denn los? Es tut mir leid, falls ich dir zu nahe getreten bin..."

Sanft kraulte ich seinen Nacken, um ihn ein wenig zu beruhigen, doch es schien nichts zu bezwecken. Sein ganzer Körper bebte und ich spürte durch seinen Pullover hindurch, wie sich seine Muskeln verkrampften.

„Ich wollte nicht, dass es jemand erfährt", stiess er unterdrückt hervor.

„Was denn?" Ich stellte mich unwissend, um ihn nicht noch mehr in die Enge zu treiben, aber er wusste genauso sehr wie ich, dass es nun kein Zurück mehr gab.

„Na eben, das halt. Du hast es eh schon geschnallt. Meinst du, mir sind deine ständigen Anspielungen entgangen? Du hast doch ganz genau bemerkt, dass ich darüber nicht sprechen wollte, wieso beharrst so sehr du auf diesem verfluchten Thema?"

„Ich spürte doch, dass du irgendwas vor mir verbirgst... Etwas, dessen Last viel zu schwer ist, um sie alleine tragen zu können. Ich wollte dir nur helfen, indem ich dir einen Teil davon abnehme...“

„Helfen? Wie soll es mir helfen, meinen Mitmenschen auch noch die Bestätigung dafür zu geben, dass sie mich ständig als ‚Schwuchtel‘ oder ‚Memme‘ bezeichnen? Dauernd habe ich mir solche Bemerkungen anhören müssen. Erst jetzt, wo ich dich habe, haben diese Idioten endlich damit aufgehört.“

„Aber... heisst das, du bist nur mit mir zusammengekommen, damit die anderen dich in Ruhe lassen?“

Ich wusste, dass diese Frage nicht fair war, aber die aufkommende Panik nach seiner Aussage liess mir keine andere Wahl.

„Nein, natürlich nicht! Für was für einen Menschen hältst du mich eigentlich?“

Schuldbewusst senkte ich meinen Kopf und erwiderte mit sanfter Stimme: „Tut mir leid, das war dumm von mir, ich wollte dich nicht verletzen. Aber ich verstehe einfach nicht ganz, was du nun bevorzugst.“

Ich nervte mich ab meiner schwammigen Ausdrucksweise. Es konnte doch nicht so schwer sein, die Dinge direkt bei ihrem Namen zu nennen, aber aus irgendeinem unerfindlichen Grund brachte ich die Worte einfach nicht über meine Lippen. Doch Kevin schien zu meinem Erstaunen seinen Widerstand allmählich aufzugeben, denn er gestand mit zittriger, aber nicht mehr ganz so aufgebrachter Stimme: „Wenn ich eine konkrete Antwort darauf wüsste, würde ich sie dir gerne mitteilen, aber irgendwie weiss ich selbst nicht einmal so recht, was ich wirklich fühle. Schau, bis vor einem Jahr glaubte ich, dass ich praktisch komplett homosexuell wäre, da ausschliesslich Jungs meine Aufmerksamkeit erweckten.

Erst, als ich im Sommer in diese Schule gekommen war, hat sich dies wieder geändert, als ich dich in dieser Mittagspause mit Amira draussen sitzen sah. Du hast in mir etwas ausgelöst, das noch kein Mädchen zuvor erreicht hat. Ich war selbst so erstaunt darüber, dass ich dich unbedingt ansprechen musste, da ich dieses Gefühl nicht wieder verlieren wollte. Gleichzeitig hatte ich aber auch Angst, dass du irgendwann dahinterkommen würdest und mich dann nicht mehr haben wolltest. Ich hatte mir ehrlichgesagt nie gross Gedanken über meine Empfindungen gemacht, da es für mich normal war, auf Männer zu stehen. Aber seit du in mein Leben getreten bist, herrscht in mir so ein riesiges Chaos, dass ich meine eigene Identität nicht einmal mehr kenne. Ich habe keine Ahnung, was oder wer ich nun wirklich bin und habe mich diesbezüglich auch noch nie jemandem anvertraut. Ich dachte, solange ich diese Worte nicht ausspräche, würden sie auch nicht real werden."

Ich musste seine Worte erst mal sacken lassen. In meinem Hirn rotierte es momentan wohl kaum weniger als im seinigen.

„Aber was heisst das nun für mich? Liebst du mich denn wirklich oder erhoffst du es dir nur? Oder bin ich nur eine Etappe auf der Reise deiner Suche nach dir selbst?"

„Sieh mal, ich kann nur für die unmittelbare Gegenwart sprechen und in dieser weiss ich, dass mein Herz dir gehört und dass ich unendlich dankbar bin, solch eine verständnisvolle Freundin zu haben. Doch was die Zukunft bringen wird, kann ich genauso wenig voraussagen wie du. Mach dir aber bitte keine allzu grossen Sorge deswegen, es wird schon alles gut kommen."

Nun war ich diejenige, die nicht mehr sprechen konnte. Auch wenn ich es schon von Anfang an erahnt oder besser gesagt gewusst hatte, traf es mich nun dennoch wie ein

Schlag, die Worte aus seinem Mund zu hören, die die Gültigkeit meiner Annahme besiegelten. Mein Freund war also bisexuell. Nun gut, es konnte durchaus seine Vorteile haben, ich stellte es mir beispielsweise ganz amüsant vor, mit ihm über andere Männer zu tratschen und unsere Präferenzen zu vergleichen.

Es war ein schönes Gefühl, ihm so nahe zu sein in dieser schwierigen Situation und ich fühlte mich zutiefst geehrt, die Erste überhaupt zu sein, der er dieses Geheimnis anvertraut hatte. Immer in dieser Gedankenwelt gefangen zu sein, nicht wissend, wohin man gehört und was man wirklich will, zumal er sich nie jemandem gegenüber öffnen konnte, da er wusste, mit welchen Reaktionen er unter Umständen zu rechnen hatte. Den ständigen Druck tragen zu müssen, niemanden zu "enttäuschen", musste eine enorme Last für diese noch so junge Seele sein. Ich spürte, wie uns an diesem Abend ein unsichtbares Band ganz eng aneinanderknüpfte. Dieses kostbare Erlebnis, diese innige Vertrautheit wird uns nie mehr jemand nehmen können.

Doch zugleich wusste ich, dass es nun an mir lag, ihn zu unterstützen und für ihn da zu sein. Meine Gedanken schwirrten wie lästige Fliegen im Kopf herum und jeder Versuch, sie mit einer galanten Handbewegung zu verscheuchen, scheiterte kläglich. Was sollte ich bloss tun? In den Filmen endet die Geschichte immer, sobald sich das Paar glücklich gefunden hat und in einer kitschigen Sommernacht die ewige Liebe aufbeschwört. Doch über das Leben danach mit all seinen heimtückischen Alltagsproblemen und Raufereien ist nie die Rede. Denn nicht mal der beste Regisseur hat eine Ahnung, was es heisst, sich in der Realität unter Beweis zu stellen, und bricht mit seiner Story ab, wenn es ihm gerade in den Kram passt. Wenn ich genau diese Feststellung, welche in meinem Gehirn nach langem Rotieren das Wort „Error" hervorrief,

vor einem Erwachsenen in Frage gestellt hätte, hätte ich mit Bestimmtheit diesen einen mitleidigen Blick geerntet, der mich fast zur Weissglut trieb. Ich wusste, sie würden damit unterschwellig ausdrücken wollen, dass mein „Problem" gerade mal den Gipfel des Eisbergs aller Erschwerungen in der Erwachsenenwelt darstellte. Aber ich war nun mal erst in der Entwicklungsphase und die Tatsache, dass selbst auf diese scheinbar so banale Frage niemand eine plausible Antwort geben konnte, macht mir Angst. Beim Kauf einer Waschmaschine oder etwas so einfach Gestricktem wie einer elektrischen Zahnbürste wird eine riesige Anleitung in etlichen Sprachen beigelegt, doch sobald es um das wahre Leben geht, macht jeder mit einer altklugen Miene einen Rückzieher, bloss um seine eigene Unsicherheit zu verbergen.
Ein dunkler Schatten huschte über meine Seele, da im bisher intimsten Moment unserer Beziehung zugleich die Unmöglichkeit einer gemeinsamen Zukunft entschieden war.

Auch wenn er mir jetzt noch beteuerte, dass er nur mich liebte und ein Leben ohne mich nicht mehr vorstellen könne, wusste ich, dass der Zeitpunkt käme, im dem er sich anders entscheiden würde. Sein innerstes Verlangen kann man nicht abschalten. Wenn die Zeit für den Ausbruch noch nicht reif war, dann vielleicht in ein paar Monaten oder einem Jahr, womöglich auch erst in 10 Jahren, doch er würde kommen.

Wie verliebte Gemüter aber nun mal sind, versuchte ich in blinder Hoffnung, mich genau an dieser Ungewissheit festzuklammern und wünschte mir, dass alles noch so lange wie möglich so bleiben würde, wie es war.
Was ich leider erst viel zu spät zu spüren bekam, war, dass, je länger die Verdrängung dieser Tatsache drohte, desto grösser wurde die Verwundbarkeit. Doch daran hatten weder er noch ich denken wollen.

7. Verborgene Offenbarung

Seit diesem Gespräch waren mittlerweile gut anderthalb Jahre vergangen. Amira hatte ich nichts davon erzählt, da Kevin mich unmissverständlich darum gebeten hatte, vor niemandem auch nur ein Sterbenswörtchen davon preiszugeben. Als ich ihr dies so weiterleitete, hatte sie natürlich vollstes Verständnis dafür und liess ihrerseits die Sache ruhen.

Anfangs viel es mir relativ schwer, mich mit dieser Situation zurecht zu finden, zumal ich niemanden hatte, dem ich meine Sorgen hätte mitteilen können. Der Einzige, der zur Verfügung gestanden hätte, wäre Kevin gewesen, aber er war wohl der Letzte, der meine Unsicherheit zu spüren bekommen sollte.

Mit der Zeit verwischten sich diese Gedanken aber etwas, da sie mit neuen Erlebnissen aus einer wunderbaren Beziehung überdeckt wurden, welche sich die Chance erhoffte, wenigstens für einen Moment lang die Unbekümmertheit ausleben zu können, die ihrem Namen zustand. Sie machte schon solch einen realen Eindruck, dass wir völlig vergassen, wie zeitgebunden ihr Fundament doch war. Ich hatte mich in meiner Rolle des Verdrängens wirklich gut geschlagen, welche ich durchaus noch hätte weiterspielen können, wenn... Ja, wenn Kevin sich von seiner nicht immer mehr entfernt hätte.

Wie es Amira bereits in den Anfängen meiner Beziehung angedeutet hatte, war Kevin ein Junge, der zu den Altersgenossen seinesgleichen nicht gerade das beste Verhältnis pflegte, was mir ehrlich gesagt einleuchtete. Ich hätte mich an seiner Stelle auch nicht mit Menschen abgeben wollen, die nichts Besseres zu tun wussten, als ständig nur blöde Bemerkungen über seine sexuelle Orientierung zu machen, unabhängig davon, ob sie nun stimmten oder nicht. Folglich war es auch nicht weiter erstaunlich, dass sein Freundeskreis ausschliesslich aus Mädchen bestand, welche einen Jungen natürlich mit offenen Armen empfingen, der in seinem Verhalten ziemlich gleich gestrickt war wie sie. Diese Tatsache an sich hätte mich nicht einmal gross gestört, zumal er mir beteuerte, dass dies für ihn bloss gewöhnliche Kolleginnen wären und ich die Einzige wäre, die ihm mehr bedeuten würde.

Was mich aber immer mehr verunsicherte, war, dass diese alle in ihrem Verhalten das komplette Gegenteil von mir waren. Ich gestalte mein Leben gerne ruhig und gesittet, kleide mich weder auffällig noch völlig unscheinbar, trinke keinen Alkohol im Überfluss und rauche auch nicht. Kurz gefasst ein stinknormales Leben halt. Andere würden es langweilig bezeichnen, ich fühle mich aber wohl darin.

Meiner Meinung nach war auch dies genau der Grund, weshalb sich Kevin für mich entschieden hatte, da er sich mit mir auf der sicheren Seite zu sein wusste. Aber dieser wurde in meinen Augen immer unrealistischer, je mehr seiner Leute ich kennenlernte. Bei ihnen standen ein reges Partyleben und das hirnlose Posten irgendwelcher gestellter Bilder zum Ausleben ihrer narzisstischen Ader ganz oben in deren Prioritätsliste. Deshalb konnte es nur eine Frage der Zeit sein, bis deren Art auf seine abfärben oder besser gesagt sie aus ihrem Versteck hervorholen würde. Würde nämlich nichts davon in ihm schlummern, hätte er sich gar nicht erst auf solche Leute eingelassen. Aber irgendetwas an ihnen schien ihn förmlich in einen Bann zu ziehen, weshalb die Disparität zwischen unseren zwei Welten immer grösser wurde und ich mir allmählich die Frage stellte, was ihn eigentlich noch an mir festhalten liess. Und als nun dieses eine Mädchen in sein Leben trat, drohten diese Gegensätze endgültig auseinanderzuklaffen.

Das Ganze begann im Herbst des dritten Schuljahres, als alle Schüler meiner Klassenstufe für eine Woche in Projektkurse eingeteilt wurden. So gütig, wie sich das Schicksal mir gegenüber immer erwies, war ich natürlich in eine Gruppe gesteckt worden, in der ich keine einzige Menschenseele kannte.

Dies alleine wäre gar nicht weiter schlimm gewesen, immerhin handelte es sich gerade mal um fünf Tage und es schadete ja auch nicht, mal aus seinem sicheren Schneckenhaus zu kriechen und sich auf neue Gesichter einzulassen.

Dummerweise schien ich mit dem Problem, mit niemandem in diesem Kurs vertraut zu sein, alleine dazustehen. Als ich nämlich den Raum betrat, schnatterten alle fröhlich in kleinen Grüppchen miteinander in einer Art und Weise, die ganz bestimmt nicht von einer Fünf-Minuten-Bekanntschaft stammen konnte. Etwas verloren platzierte ich mich auf einen Stuhl am Rande des Zimmers, da ich mich nicht dazu überwinden konnte, mich solch einer Versammlung anzuschliessen. Stattdessen hoffte ich, dass der Kurs selbst das Kennenlernen untereinander etwas erleichtern würde.

Dennoch fühlte ich mich in meiner Haut ziemlich unwohl, weshalb ich mein Handy zückte und in den Chat mit Kevin tippte:

Gehen wir heute Mittag zusammen essen?:)

Ich hielt die Nachricht so kurz wie möglich, um die Chance zu erhöhen, dass er sie auch wirklich las. Sobald eine Mitteilung mehr als zwei Zeilen enthält, ist das Hirn eines Jungen in diesem Alter bereits total überfordert und sie wird entweder komplett ignoriert oder es wird nur auf die allererste Aussage eingegangen. Darüber hinaus wusste ich, dass Kevin nur selten seine Nachrichten checkte, in der Regel klappte unsere Kommunikation in der Schule aber eigentlich immer.

Daher stimmte es mich etwas nachdenklich, dass ich selbst nach zwei Stunden immer noch keine Antwort erhalten hatte, zumal ich ihn am Vorabend noch extra darum gebeten hatte, genau für solch einen Fall erreichbar zu sein. Erst zehn Minuten vor dem Beginn der Mittagspause leuchtete mein Display auf.

Ok. Komm zum Haupteingang.

Nun ja, seine Formulierung fiel zwar etwas ernüchternd aus, aber immerhin würde er sich mit mir treffen. Man muss sich schliesslich damit zufrieden geben, was einem geboten wird. Nicht ohne Grund formten sich in meinem Kopf just in diesem Moment folgende Verse zusammen:

Des Menschen Glück in deiner Hand
Brauchst bloss zu greifen unverwandt
Gelüstet's dir nach höheren Trieben
Die Quelle alsbald wird versiegen

Belustigt schüttelte ich meinen Kopf ab diesen allzu altklugen Worten, musste ihnen letztendlich aber Recht geben. Daher packte ich kurz darauf meine Sachen und eilte freudig zum abgemachten Treffpunkt, wo ich Kevin bereits von Weitem entdeckte.
Doch in diesem Moment wünschte ich mir, dass meine Augen nicht so schnell fündig geworden wären. Ich war noch gut zwanzig Meter von ihm entfernt, als ich plötzlich bemerkte, dass er gar nicht alleine war. Zunächst war mir das nicht aufgefallen, da er genau mit dem Rücken zu mir gekehrt stand. Plötzlich aber drang ein lauter Lacher zu mir rüber, der unmissverständlich von ihm stammen musste. Seine Stimme

hätte ich mit schalldichten Kopfhörern durch drei Wände hindurch noch erkannt.

Durch seinen erheiterten Gefühlsausbruch machte er unwillkürlich einen Schritt zur Seite, was mir freie Sicht auf ein Mädchen gewährte, das ich noch nie zuvor gesehen hatte. Sie war offensichtlich nicht minder amüsiert als er. Als sie zufällig mein Blick mit dem ihrigen streifte, raunte sie ihm irgendwas zu und sie verabschiedeten sich mit einer für meine Begriffe etwas zu vertrauter Umarmung. Sie machte auf dem Absatz kehrt, konnte es aber nicht lassen, den Kopf nochmals zu ihm zu drehen und ein strahlendes Lächeln in seine Richtung zu werfen.

Mittlerweile war ich bereits bei Kevin angekommen und tippte ihm möglicherweise etwas zu energisch auf die Schultern, verwirrt über das Schauspiel, welches sich mir gerade geboten hatte. Er schien meine Empörung in meiner Geste aber nicht wahrgenommen zu haben, denn er drehte sich fröhlich zu mir um und meinte mit unschuldiger Miene: „Oh, hallo Leonie, ich hatte schon früher aus und habe hier extra auf dich gewartet.“

Ich versuchte, das Klingeln meiner Alarmglocken nicht allzu sehr in meiner Stimme zu erkennen zu geben, als ich fragte: „Wer war das?“

„Wer war wer?“ Er wollte mich ernsthaft für begriffsstutzig und obendrauf auch noch blind verkaufen.

„Na, dieses Mädchen, das eben noch bei dir gestanden ist.“

„Ach so, du meinst Natascha!“

„Natascha? Du hast noch nie was von einer Natascha erzählt.“

„Ja, die habe ich auch erst heute in meinem Kurs kennengelernt. Wir wollten eigentlich zusammen essen gehen, dann habe ich aber deine Nachricht gesehen und ihr gesagt, dass du meine Anwesenheit ebenfalls erwünschen würdest. Daraufhin meinte sie, sie warte solange noch mit mir, bis du kommen würdest. Sie trifft jetzt eine Freundin."

Ich konnte mich nicht entscheiden, ob ich nun gerührt oder verärgert sein sollte. Zum einen hat er sein Treffen mit ihr meinetwegen abgesagt, andererseits formulierte er dies aber auch genauso. Dass er mich ebenfalls sehen wollte, konnte man aus dieser Aussage nämlich nicht schliessen, denn sie klang mehr nach einer gönnerhaften Enthaltung meines Willens wegen als einer erfreulichen Alternative zu seinem ursprünglichen Vorhaben. Ob er dies vor ihr wohl absichtlich so ausgedrückt hatte?

„Oh, okay, lieb von dir." Ich entschied mich vorerst mal dafür, meine Bedenken ihm gegenüber nicht zu zeigen. Sollte ich ihm mit meinen Spekulationen Sachen unterstellen, die gar nicht der Wahrheit entsprachen, würde dies bloss unweigerlich zu Diskussionen führen, worauf er wohl ebenso wenig Lust verspürte wie ich.

Ohne ein weiteres Wort darüber zu verlieren, machten wir uns also auf den Weg, um uns etwas zu Essen zu kaufen.

Als wir uns wenig später mit unseren Einkäufen an einem Tisch in der Schule wiederfanden, sprach er jedoch von selbst völlig unangekündigt dieses etwas brisante Thema wieder an. Sehr taktvoll konnte man ihn dafür aber nicht gerade nennen:

„Diese Natascha, von der ich dir bereits erzählt habe, ist so witzig, sie ist genau gleich durchgeknallt wie ich. Du würdest sie bestimmt auch mögen."

Perplex starrte ich ihn an, konnte mich dann aber gleich darauf wieder sammeln. Damit hatte ich nun echt nicht gerechnet. Ich nickte gespielt interessiert mit dem Kopf, darauf etwas Schlaues zu erwidern wusste ich in diesem Moment wirklich nicht.

„Und sie kann so toll singen! Sie hat mir Videos von sich gezeigt, unglaublich, was für eine Stimme sie hat.

Willst du mal was hören?“

„Ne danke, muss nicht sein. Ich glaube es dir auch so.“

„Ich liebe es, wenn Frauen so toll singen können. Schade, dass du das nicht kannst.“

Langsam trieb es Kevin etwas zu bunt. Wenn er mir die ganze Zeit nur vorschwärmen musste, wie toll seine Natascha doch war, hätte er gleich mit ihr essen gehen können. Vor ihr hätte er bestimmt niemals so von mir gesprochen wie er es jetzt von ihr tat.

„Es war so ein witziger Zufall, wie wir uns kennengelernt haben. Ich habe niemanden gekannt im Raum und sass deshalb ziemlich desorientiert an meinem Platz und starrte Löcher in die Luft. Da sah ich aus dem Augenwinkel, wie sich jemand neben mich setzte. Als ich unauffällig hinüberschauen wollte, um zu sehen, wer das war, blickte sie mich im genau gleichen Moment ebenso verloren an wie ich sie. Wir mussten natürlich sofort laut loslachen, weil es wirklich total dämlich aussah, und ja, so hat das Ganze seinen Lauf genommen. Es ist echt schon fast beängstigend, wie locker wir miteinander reden können. Als würden wir uns schon ewig kennen!“

„Schön für dich“, brachte ich zwischen zusammengepressten Zähnen hervor. „Bei mir haben sich dummerweise alle schon gekannt.“

Doch dies schien ihn ebenso wenig zu interessieren wie meine restlichen Antworten, die bei jedem Mal noch karger wurden. Er plauderte ohne Punkt und Komma fröhlich, wenn nicht gar euphorisch weiter, sodass er nicht einmal merkte, wie ich meine Essensreste entsorgte und in meine Jacke schlüpfte. Jeder andere Mensch hätte diese Gesten unmissverständlich so gedeutet, dass ich Anstalten zum Aufbruch machte. Nicht einmal als ich neben ihm stehen blieb und demonstrativ auf meine Armbanduhr schaute, hielt er in seinem

Redeschwall inne. Im Grunde genommen war die Mittagspause auch noch gar nicht zu Ende, aber lieber verbrachte ich die restliche Zeit alleine als mit diesen Lobeshymnen in meinen Ohren.

Ich räusperte mich geräuschvoll und meinte daher: „Ich möchte dich nur ungerne unterbrechen, aber ich muss jetzt los. Der Kurs fängt heute eine Viertelstunde früher an, da wir irgendwas noch machen müssen, weiss auch nicht genau was. Hab nicht so recht zugehört."

„Oh, okay, trifft sich ja eigentlich ganz gut, dann kann ich mich jetzt doch noch zu Natascha gesellen."
Ich schenkte ihm eines dieser Lächeln, welches vordergründig lieb und unschuldig wirkt, in Wahrheit aber eine solche geballte Ladung an unterdrückter Wut birgt, zu deren Kenntnisnahme Kevins primitives Männerauge aber natürlich nicht genug entwickelt war. Stattdessen erwiderte er mein Lächeln, drückte mir einen flüchtigen Kuss auf den Mund und lief geradewegs auf den Tisch am anderen Ende der Halle zu, wo Natascha mit einem anderen Mädchen schon die ganze Zeit gesessen hatte.

Als sie ihn erblickte, fing das ganze Umarmungsprozedere wie nicht anders zu erwarten wieder von vorne an. Es kostete mich eine enorme Menge an Selbstbeherrschung, nicht auf sie loszustürmen und sie vom Leibe meines Freundes zu reissen. Doch damit hätte ich alles noch viel schlimmer gemacht. Daher machte ich auf dem Absatz kehrt und verliess fluchtartig das Gebäude.

Draussen angekommen blieb ich kurz stehen, stiess einen genervten Seufzer aus und steckte meine Kopfhörer in die Ohren, um meine Lieblings-Hardrock-Band zu hören. Ich hatte erst vor kurzem dieses Genre für mich entdeckt, seither benutzte ich diese Musik aber immer als Ventil, mit dem ich meine Wut vor anderen verborgen ablassen konnte. Ich konnte ja schlecht meinen Unmut über Kevin hier in aller Öffentlichkeit aus mir rausbrüllen. Wenn doch nur Amira jetzt hier wäre! Sie würde wie immer eine sachliche Analyse von der ganzen Situation erstellen und mir dezent zu verstehen geben, dass alles in Wirklichkeit nur halb so schlimm war, wie ich es mir zusammengereimt hatte.

Daher öffnete ich auf dem Handy meine Nachrichten und fragte sie, ob sie nach der Schule noch kurz für mich Zeit hätte, da ich ihren Rat bräuchte. Zuverlässig wie sie nun mal war, trudelte noch in derselben Minute eine Antwort ihrerseits ein, die glücklicherweise positiv ausfiel. Erleichtert atmete ich auf und spürte zugleich, wie mein Puls sich allmählich wieder zu normalisieren begann.

Entgegen meiner Erwartung stellte sich aber heraus, dass sie mir nicht die beruhigenden Worte geben konnte, die ich mir erhofft hatte. Nachdem ich ihr alles geschildert hatte, hüllte sie sich zunächst in nachdenkliches Schweigen. An ihrem Gesichtsausdruck konnte ich aber ablesen, dass ihre Gedanken nichts Gutes verhiessen. Ich wurde zunehmend unruhiger.

„Was hältst du denn nun von dem Ganzen?", fragte ich daher ziemlich ungeduldig.

„Nun ja... Ich möchte da jetzt keine voreiligen Schlüsse ziehen, aber Kevins Verhalten ist schon äusserst merkwürdig", gab sie zu bedenken. „Ich weiss ja nicht, ob er sich dessen überhaupt bewusst war, als er so von diesem Mädchen so vorgeschwärmt hatte, aber wirklich mildern kann das diese Sache auch nicht. Im Gegenteil, wenn er nicht einmal merkt, wie verletzend diese Aussagen der eigenen Freundin gegenüber sein können, dann mangelt es ihm ohnehin an Feingefühl."

„Also denkst du, dass ich Grund zur Sorge habe?"

„Puh, das ist schwierig zu sagen, so gut kenne ich Kevin nun auch wieder nicht. Aber ich würde diesen Vorfall ganz bestimmt nicht ohne Weiteres ad acta legen. Wenn sowas wieder vorkommt, und davon gehe ich leider nun mal aus, musst du was unternehmen."

Ich nickte matt mit dem Kopf.

„Lass uns doch mal im Internet nachsehen, ob wir von dieser Natascha irgendein Profil oder sonstige Infos finden. Dann können wir uns vielleicht eher ein Bild davon machen, was für eine Person sie eigentlich ist."

Mit einem ziemlich flauen Gefühl im Magen stimmte ich ihr zu, unschlüssig, ob ich diese Informationen auch wirklich wissen wollte oder ob sie mich erst recht an den Rande des Wahnsinns treiben würden. Die Chance, dass sie sich als ein völlig harmloses Mädchen herausstellen würde, schätzte ich relativ gering ein. Da aber meine Ungewissheit auch nicht gerade eine angenehmere Alternative war, liess ich mich auf dieses Wagnis ein.

Wir hatten etwas Schwierigkeiten, ein Profil von ihr ausfindig zu machen, da sie, sofern sie wirklich eines hatte, offenbar nicht unter ihrem richtigen Namen eingetragen war. Wir wollten bereits aufgeben, als in den Suchvorschlägen mögliche Leute aus unserem Bekanntenkreis angezeigt wurden, unter denen ich ihr Gesicht zu erkennen meinte. Mit pochendem Herzen drückte ich drauf. Was sich dann vor unseren Augen eröffnete, übertraf all meine unguten Vorahnungen, die ich mir zu Haufen zurechtgelegt hatte. Wir sahen uns höchst alarmiert an. Ihr Profil umfasste bestimmt hundert Bilder, wenn nicht gar mehr, welche allesamt dasselbe Motto zu verfolgen schienen: Je freizügiger, desto besser. In unnatürlichen Posen räkelte sie sich leicht bekleidet vor der Kamera, als gälte es, Unterwäsche für irgendeine Billigmarke zum Besten zu geben. Ihre Kommentare darunter, natürlich alle mit Hashtags versehen, trugen auch nicht gerade zu einem harmloseren Eindruck bei.

Wenn ich etwas an der Jugend, zu der ich merkwürdigerweise auch angehöre, nicht verstehe, dann ist es der total unverhältnismässige Gebrauch an Hashtags, mit denen völlig bescheuerte Aussagen eingeleitet werden, die obendrauf in der Regel nicht einmal das mindeste mit dem Bild selbst zu tun haben.

Bei Natascha allerdings liess sich durchaus eine gewisse Beziehung dazwischen feststellen. So war sie auf dem einen Bild bloss in BH und knappem Höschen abgelichtet, die sie gerade aufzuknöpfen schien, was sie mit #takeoffmyclothes kommentiert hatte. Bei einem anderen stand sie ebenso offenherzig am Fenster, durch welches sie mit aufgesetzt sehnsüchtigem Blick hinausschaute und meinte #Whereareyou,boy? Fassungslos klickte sich Amira durch weitere Fotos durch, ich für mein Dafürhalten hatte jedoch genug gesehen. Erschlagen liess ich mich in die Lehne meines Stuhles zurückfallen. Wenn mir vorher ein wenig übel gewesen sein sollte, dann war mir jetzt so richtig schlecht. Wie konnte sich Kevin nur mit solch einer billigen Tussi abgeben? Hatte ich mich die ganze Zeit über in ihm getäuscht mit der Annahme, er würde solche Mädchen verschmähen? Wenn ihm nun tatsächlich sowas gefallen sollte, dann konnte ich gleich meine Koffern packen und das Weite suchen.

Auch Amiras Ausdauer schien mittlerweile erschöpft zu sein, denn sie hatte das Handy zur Seite gelegt und blickte mit starrem Blick aus dem Fenster. Keiner von uns beiden schien aussprechen zu wollen, was in unseren Köpfen gerade vorging, obwohl wir genau wussten, dass wir das Gleiche dachten. Solange es aber offen in der Luft herumhängen würde, konnte man sich noch an dem törichten Hoffnungsschimmer festhalten, dass alles nur ein böser Albtraum war, der sich auflösen würde, sobald man die Augen aufschlug.

Unsere Blicke trafen sich, woraufhin Amira das Wort ergriff:

„Ich möchte dich wirklich nicht noch mehr beunruhigen, aber dir ist sicher auch bewusst, dass du das nicht einfach so hinnehmen kannst. Diese Natascha ist gefährlich, sie hat sich ganz offensichtlich als Ziel genommen, sich an Kevin ranzuschmeissen, auch wenn ihre Absichten kaum auf wahren Gefühlen basieren. Sie scheint mir genau diese Art Mensch zu sein, die anderen zunichte machen wollen, was sie besitzen, nur um es dann selbst nach dessen Eroberung gleich wieder fallen zu lassen, wenn die Genugtuung des Triumphes wieder abgeflaut ist."

„Ich weiss... Aber was soll ich nur dagegen tun? Sie ist ihm schon total in den Kopf gestiegen, da kann ich doch sowieso nichts mehr ausrichten."

„Die Lage ist in der Tat ziemlich prekär. Darum musst du jetzt so schnell wie möglich mit Kevin das Gespräch suchen, solange es noch nicht zu spät ist. Er kennt Natascha erst seit wenigen Stunden, demzufolge ist er noch nicht total festgefahren auf sie. Du musst irgendwie versuchen, ihm die Augen zu öffnen, denn du weisst ja, wie Typen nun mal sind. Für Intrigen unter Frauen haben sie absolut keinen Sensor ausgebildet. Und da sie zu ihm natürlich zuckersüss ist, wird er von ihr den Eindruck haben, sie sei das harmloseste Unschuldslamm überhaupt. Gestehe ihm offen und ehrlich, wie du diese ganze Angelegenheit empfindest und sag ihm ruhig auch, dass du Angst hast, ihn an diese Natascha zu verlieren. Eigentlich sollte man in solchen Sachen nicht gleich derart mit der Tür ins Haus fallen, aber hier ist wirklich Eile gefragt. Und diese erreichst du in diesem Fall nun mal nur auf die direkteste Weise. Frag ihn doch gleich jetzt, ob er noch kurz vorbeikommen könne, er wohnt ja gleich hier in der Nähe."

Willenlos zückte ich also mein Smartphone und rief bei ihm Zuhause an, bei einer SMS hätte ich unter Umständen wieder stundenlang auf eine Antwort warten können. Er sagte, es ginge in Ordnung, da wir momentan ohnehin weder Hausaufgaben noch Tests haben würden. Daraufhin verabschiedete sich Amira von mir, wobei sie mich ganz fest an sich drückte und mir viel Glück wünschte. Dies konnte ich nur allzu gut gebrauchen. Ich spürte meinen Herzschlag im ganzen Körper, als ich mich wenige Minuten später dem nahegelegenen Café näherte, wo Kevin bereits auf mich wartete. Wir begrüssten uns flüchtig, woraufhin er mich fragte: „Gibt es irgendeinen besonderen Anlass, weshalb du mich so spontan noch sehen wolltest?" Er schien wohl gemerkt zu haben, dass ich ziemlich angespannt war.

„Hm, nö, eigentlich nicht so direkt...", wiegelte ich ab. Ich musste die ganze Sache behutsam angehen, damit er nichts in den falschen Hals kriegen würde. Wenn er etwas hasste, dann war es, wenn ich ihm nicht vertraute. Und das tat ich in diesem Moment ja tatsächlich nicht so recht, doch das durfte er unter keinen Umständen merken.

„Wollen wir nicht rein gehen?", wollte er etwas verwirrt wissen, da ich ziemlich desorientiert neben ihm stand und nicht so recht wusste, was ich sagen sollte, ohne dass man mir schon aus hundert Metern Entfernung meine Unsicherheit angemerkt hätte.

„Oh, ja klar, Verzeihung. Ich bin mit meinen Gedanken irgendwie etwas abgeschweift."

Kurz darauf sassen wir also in einer Nische an einem kleinen Tisch und wärmten unsere Hände an den dampfenden Tassen. Die Kälte hatte mittlerweile Einzug gehalten und den Herbst in seiner vollen Entfaltung unterstützt. Draussen war es kalt, nass und grau.

„Jetzt sag schon, was los ist. Ich merk doch, dass irgendwas nicht stimmt."

Ich holte tief Luft. Es hatte wirklich keinen Sinn mehr, um den heissen Brei zu reden, so auffällig, wie ich mich verhielt, hätte er es mir sowieso nicht abgekauft. Daher schilderte ich ihm ziemlich schüchtern mein Anliegen, wobei ich fortwährend mit dem Löffel nervös in meiner Schokoladenmilch herumrührte. Am Ende raffte ich meinen ganzen noch vorhandenen Mut zusammen und fragte ihn: „Wird jetzt bitte nicht wütend, wenn ich das frage, aber gefällt sie dir? Sei ganz ehrlich."

Da brach er in schallendes Gelächter aus. Ich starrte ihn perplex an.

„Leonie, also manchmal frage ich mich wirklich, wie deine Fantasie mit dir so durchbrennen kann. Du schätzt Natascha völlig falsch ein. Ich hab zwar ihre Bilder nicht gesehen, aber ich kann dir beteuern, dass sie überhaupt nicht so ist, wie du sie mir soeben beschrieben hast."

Genau das hatte ich befürchtet. Es war schon zu spät. Natascha hatte ihn bereits in ihr Spinnennetz aus Intrigen und Täuschungsmanövern eingewickelt, wo sie nun die vollständige Macht über seinen Verstand eingenommen hatte.

„Und um noch auf deine Frage einzugehen: Nein, sie gefällt mir nicht, sie entspricht nicht gerade meinem Geschmack."

„Aber du hast bisher noch nie von jemandem so geschwärmt wie von ihr. Irgendetwas muss sie doch an sich haben, das dich total umgehauen hat."

„Ach Quatsch, ich mag sie halt einfach. Es ist schwierig zu beschreiben, aber sie tickt wirklich genau gleich wie ich, sowas habe ich noch nie erlebt. Aber mach dir keine Sorgen, es läuft nichts zwischen uns. Im Übrigen denke ich sowieso, dass ich überhaupt nicht ihr Typ wäre."

Ich konnte nicht fassen, wie naiv er doch war. Egal wie oft er mir auch beteuerte, dass sie ihm nicht gefallen würde: mein Bauchgefühl verriet mir was anderes. Wenn sie ihn jetzt noch nicht ansprechen würde, dann würde das unweigerlich mit der

Zeit noch kommen. Solch eine Verbindung, wie er sie angeblich zu ihr spürte, hatte sich zwischen uns nie eingefunden. Das hatte ganz bestimmt etwas zu bedeuten.

Ich merkte, dass unser Gespräch auf keinen grünen Punkt kommen würde. Daher kippte ich hastig den Rest meiner unterdessen nur noch lauwarmen Milch runter und meinte daraufhin, dass ich nun gehen müsste wegen den Busverbindungen. Kevin begleitete mich in unverändert guter Laune, die ich in solch einem Ausmasse an ihm bisher noch nie erlebt hatte, an die Station, ehe er sich selbst ebenfalls auf den Heimweg begab.

Nachdenklich blickte ich ihm nach, wie er sich von mir entfernte. Ein ganz merkwürdiges Gefühl überkam mich. Irgendetwas in mir sagte, dass ich ihn verloren hatte.

8. Rücklichter am Horizont

In der darauffolgenden Zeit kamen immer mehr Dinge dazu, die mir wegen Kevin zu schaffen machten. Im Grunde genommen waren die einzelnen Sachen gar nicht unbedingt der Rede wert, für Aussenstehende waren sie vermutlich nicht einmal ersichtlich. Da mein Radar aber ohnehin schon auf höchste Alarmbereitschaft eingestellt war, fiel mir jedes einzelne Detail seines Verhaltens auf, worauf sich dann alle in meinem Kopf zu einem riesigen Puzzle zusammensetzten. Das dabei entstehende Sujet gefiel mir ganz und gar nicht. Beispielsweise wollte ich schon seit längerem ein Foto mit uns beiden machen, da das letzte bereits ungefähr ein Jahr alt war. Darauf trug ich sogar noch meine Zahnspange. Doch jedes Mal, wenn ich ihn darum bat, nahm er mir mürrisch das Handy aus der Hand und meinte, dass er keine Lust dazu hätte. Kaum war er aber mit einer seinen dumpfbackigen Kolleginnen unterwegs, musste gleich die ganze Welt erfahren, wie toll sein Leben doch war und postete alle möglichen Bilder mit ihnen, auf denen er strahlte, als würde es kein Morgen geben.

Unzählige Stunden verbrachte ich grübelnd über mögliche Ursachen für sein oftmals abweisendes und schroffes Verhalten mir gegenüber. Dabei liess ich immer wieder frühere Szenen durch meinen Kopf gehen, in denen ich akribisch nach irgendwelchen Fehlern suchte, die ich möglicherweise begangen hatte, ohne mir zu diesem Zeitpunkt dessen bewusst zu sein. Doch so oft ich dies auch tat, ich konnte beim besten Willen nichts finden, was meine These hätte bestätigen können. Es musste folglich irgendwas anderes geben, das ihn derart aus der Bahn geworfen hatte, die immer weiter von mir wegzuführen schien.

Auch wenn ich es im Grunde genommen für völlig absurd hielt, formte sich in mir immer stärker die Vermutung, dass der Auslöser paradoxerweise genau der gleiche wie bei allen anderen auch war, obwohl er stets betonte, wie sehr er die Vorurteile mir gegenüber von diesen Lästerzungen verschmähen würde. Jedoch zeichneten sich bei ihm zunehmend Anzeichen ab, die ihn genau auf deren Seite stellte.

Als ich ihn nämlich kennengelernt hatte, war er ein völliger Durchschnittsschüler gewesen, dem zwar die Schule wichtig war, jedoch die Noten nicht so eine grosse Rolle spielten. Hauptsache, sie erfüllten die Anforderungen. Mit der Zeit schraubte er aber seinen Ehrgeiz immer höher. Ob es dafür einen bestimmten Auslöser gegeben hatte, weiss ich ehrlichgesagt nicht. Möglicherweise hatte er wirklich ein Problem damit, dass ich als Mädchen in der Schule besser abschnitt als er, eine Tatsache, die unter Umständen am Männerego etwas kratzen könnte.

Keine Ahnung, ob man dies einfach so pauschalisieren kann, jedenfalls hatte er fast schon einen regelrechten Wettkampf gestartet, in dem ich, ohne es zu merken, zu seiner Konkurrentin höchst persönlich ernannt worden war. Ständig musste er mir seine tollen Noten unter die Nase streichen. Mir wurden diese Situationen zunehmend unangenehmer, da ich nicht so recht mit so viel Eigenlob umzugehen wusste und dies ehrlichgesagt auch nicht wollte. Alles, was ich zu der ganzen Sache beitrug, war, dass ich meinerseits nicht mehr von meinen Prüfungen erzählte in der Hoffnung, er würde es mir früher oder später gleichtun. Doch ihm schien dies nicht einmal aufzufallen, er fragte weder nach, weshalb ich nichts mehr von mir berichtete, noch drosselte er seine eigenen Lobeshymnen über sich selbst. Im Gegenteil. Er war so sehr darauf konzentriert, mich zu übertrumpfen, dass es ihm gar nicht erst auffiel, dass ich irgendwann nicht einmal mehr so tat, als würde ich ihm zuhören.

Aber damit war noch nicht genug. Als er mal in einer Pause in mein Physikzimmer kam, stellte ein Mitschüler von mir seinem Banknachbaren eine Frage zur letzten Lektion, welcher diese aber nicht zu beantworten wusste. Obwohl ich selber auch nicht gerade eine begnadete Physikschülerin war, drehte ich mich zu den beiden um und versuchte ihnen weiterzuhelfen. Da aber meine Mutmassungen wohl nicht wirklich der Wahrheit entsprachen, schaltete sich nun auch Kevin ein. Er rief durchs ganze Zimmer die richtige Lösung, sodass es auch wirklich jeder hören konnte. Dabei konnte er es aber nicht unterlassen, mir einen triumphierenden Blick zuzuwerfen, welcher offensichtlich nicht bloss auf spielerischem Kampfgeist basierte. Ich war in diesem Moment so perplex gewesen, dass ich nicht einmal etwas zu meiner eigenen Verteidigung hätte erwidern können. Diesen Part hatte Gott sei Dank Amira für mich übernommen, indem sie ihm einen giftigen Blick zuwarf und ihm zu verstehen gab, dass er besser das Weite suchen würde.

Ich wurde einfach das Gefühl nicht los, dass sein Verhalten mich in irgendeiner Art und Weise negativ beeinflussen sollte. Ob er dies bewusst oder unbewusst tat, konnte ich jedoch nicht einschätzen.

Vor kurzem musste ich beispielsweise eine ziemlich wichtige Zeichnungsarbeit abgeben, in die ich sehr viel Zeit und Mühe investiert hatte. Als ich sie dann nach deren Fertigstellung voller Erleichterung und Freude Kevin zeigte mit der Erwartung, dass er mich in seine Arme schliessen und meine Euphorie mit mir teilen würde, sagte er bloss, er habe eine Kollegin, die viel schneller und mindestens genauso schön zeichnen könnte. Daraufhin begann er tatsächlich von ihren Zeichnungskünsten zu schwärmen, völlig die Existenz meiner

Arbeit ignorierend. Als würde er jegliche gesellschaftliche Konventionen für eine gepflegte Unterhaltung bei mir ausser Kraft setzen.

Anfangs mochte ich mich gegen solche Vorkommnisse noch gewehrt haben, doch mit der Zeit liess ich es einfach wortlos über mich ergehen. Obwohl ich niemandem wirklich davon erzählte und auch sonst darauf bedacht war, mir nichts anmerken zu lassen, schien diese Hülle immer mehr zu bröckeln und den Blick auf mein Inneres freizugeben.

Begonnen hatte es damit, dass ich mich morgens nicht mehr schminkte, da ich zum einen nicht mehr so lange vor dem Spiegel stehen mochte, andererseits auch keinen wirklichen Zweck dahinter mehr sehen konnte. Zudem trug ich vermehrt ziemlich lockere und zurückhaltende Kleidung, da ich mich in figurbetonten Outfits zunehmend unwohl fühlte. Oft genug hatte Kevin mir zu verstehen gegeben, dass meine Hüften in enger Kleidung breit aussehen würden, wodurch ich das Gefühl bekam, alle würden mich deswegen anstarren und ich diese nun so gut es ging zu kaschieren versuchte.

In der Schule fiel es mir oftmals schwer, dem Unterricht aktiv zu folgen, da sich meine Gedanken ständig im Kreis drehten und es mir nicht gelang, sie allesamt ordentlich zu büscheln und für eine Weile zur Seite zu legen. Kaum hatte ich einen aus meiner Vorstellung verbannt, so erschien zugleich der nächste, der jeglichen Raum für anderweitige Überlegungen für sich selbst einnahm.

Meiner Mutter entging all dies natürlich nicht, konnte sich aber nicht erklären, was mit mir los wäre, da ich ihr jedes Mal einfach sagte, ich wäre etwas gestresst wegen den Prüfungen, weil ich ehrlichgesagt selber nicht einmal wusste, wie ich meine Gefühlslage in Worte hätte fassen können. Paradoxerweise klammerte ich mich immer mehr an meinen Freund, da ich das Gefühl hatte, er wäre die einzige Person, die mir aus dieser Situation wieder heraushelfen könnte.

Anfangs ging er noch darauf ein und fragte auch nach, wie es mir ginge, doch mit der Zeit versiegte seine Zuneigung immer mehr, bis nichts mehr weiter als ein trockenes Stück Erde war, welches nur noch das traurige Abbild einer einst unbeschwert plätschernden Quelle darstellte. Die Tatsache, dass er aller Wahrscheinlichkeit nach der Auslöser für meinen Zustand war, schien er nicht wahrnehmen zu wollen oder ignorierte sie einfach.

In den Pausen kam es manchmal sogar vor, dass er mich teilweise absichtlich links liegen liess, bloss um vor meinen Augen lautstark mit Natascha rumzualbern, die diese Genugtuung natürlich in vollen Zügen genoss. Selbstverständlich gab es auch Tage, an denen sich Kevin mir gegenüber völlig normal verhielt, aber genau diese Unberechenbarkeit und die ständige Ungewissheit waren es, die mich nahezu in den Wahnsinn trieben. Ich konnte mir nie sicher sein, wann die Stimmung plötzlich kippen würde.

Eines Freitagnachmittags, an welchem er dem Anschein nach wieder eine seiner guten Phasen hatte, da er sich nach der Schule mit mir treffen wollte, eröffnete er mir aus heiterem Himmel, dass er sich mit Natascha am Wochenende getroffen hatte. Es wäre aber auch zu schön gewesen, wenn die anfängliche Idylle nicht getrogen hätte. Völlig entgeistert starrte ich ihn an.

„Wie bitte?“, fragte ich daher mit einem ziemlich barschen Tonfall.

„Ach, jetzt schieb doch nicht gleich wieder die Krise.“

„Wieso hast du das mit mir nicht im Vornherein besprochen?“

„Weil ich dir schon gefühlte tausend Mal beteuert habe, dass wir nur Freunde sind und ich keine Lust habe, wegen jeder Kleinigkeit bei dir um Erlaubnis zu betteln."

Ich spürte, dass ich lieber einen Gang zurückschalten sollte, wenn ich das Gespräch nicht gleich in einer Eskalation ausarten lassen wollte. Ich versuchte daher einmal mehr, den riesigen Kloss in meinem Hals auszublenden und fragte bloss:

„Aber weshalb erzählst du mir denn jetzt davon?"

„Nun ja, ich wollte dir nur sagen, dass sie es jetzt auch weiss."

„Dass sie was weiss?" hakte ich misstrauisch nach.

„Na, du weißt schon. Dass ich auch auf Männer stehe.

Ich fiel aus allen Wolken. Wie konnte es sein, dass er vor seiner eigenen Freundin partout nicht mit der Wahrheit rausrücken wollte, kaum aber kam ein anderes Mädchen dahergelaufen, musste er ihr diese sogleich in aller Feierlichkeit überbringen?

„Aha. Und wie hat sie darauf reagiert?", entgegnet ich ziemlich ungehalten.

„Sie meinte, sie fände es bewundernswert, wie erwachsen ich mit dieser Situation umgehen würde. Sie verstehe einfach nicht, weshalb ich immer noch in einer Beziehung sei, anstatt mich von allen Verpflichtungen loszulösen, um alles ausleben zu können, wonach es mir gerade strebe.

Wie eine Furie sprang ich auf und funkelte ihn mit meinen Augen wutentbrannt an. „Was bildet die sich eigentlich ein? Sag mir bloss nicht, dass du ihren Vorschlag sogar noch in Betracht ziehen würdest! Wie kannst du dich von der nur so irreführen lassen?"

„Jetzt raste doch nicht bei allem gleich aus, was ich von Natascha erzähle! Wenn du so weitermachst, musst du dich echt nicht wundern, wenn ich ihrem Rat eines Tages tatsächlich folgen werde. Mit solch einer hysterischen Person wie dir hält es doch kein Schwein aus!" Er stand ebenfalls auf.

„Entschuldige mal, aber was habe ich bitteschön jetzt falsch gemacht?“

„Tu doch nicht so unwissend. Du weißt ganz genau, was für Psychospielchen du andauernd mit mir durchführst! Lass mich doch endlich in Ruhe, ich halte das nicht mehr aus!“

Zornig möchte er davonlaufen, doch ich halte ihn am Arm zurück.

„Jetzt warte doch, es bringt doch nichts, dass wir uns so streiten. Können wir nicht noch einmal in Ruhe darüber reden?“, versuchte ich verzweifelt, diese Situation noch irgendwie zu retten. Doch da platzte Kevin erst recht der Kragen.

„Lass mich los, ich vertrage dich gerade echt nicht.“ Ruckartig riss er sich von meinem Griff los.

Wie angewurzelt blieb ich stehen und sah zu, wie er von mir wegrannte. Mein ganzer Körper begann zu zittern, als mir allmählich bewusst wurde, wie sehr die ganze Situation aus dem Ruder gelaufen war. Wie hätte ich diesen Ausgang auch verhindern können? Ich wollte doch nur einmal das Gefühl wieder bekommen, dass ich diejenige in Kevins Leben war, für die er alles stehen und liegen lassen würde, wenn ich ihn bräuchte. Dass er Wert auf meinen Rat legen und auf mich zukommen würde, wenn ihn etwas bedrückte. Ich sollte diejenige sein, auf die er zugehen sollte, wenn er mich von Weitem erblickte und mit der er sich stolz in der Öffentlichkeit blicken lassen wollte.

Aber all diese Dinge schienen immer mehr dieser Natascha zuzufallen. Ich wollte dabei nicht einfach wehrlos zusehen müssen, als wäre ich bloss ein Zuschauer, den das Ganze nichts angehen würde. Es konnte doch nicht sein, dass eine Drittperson so sehr die Oberhand über eine Beziehung gewinnen konnte.

Da mir nichts Besseres auf die Schnelle einfiel, versuchte ich, Kevin auf seinem Handy zu erreichen.

Ich zerbarst innerlich fast vor Aufregung, als es klingelte. Ich war überzeugt, dass er es gehört haben musste, da er unterwegs immer Musik hörte über sein Smartphone, aber natürlich nahm er meinen Anruf nicht an. Ich startete noch drei weitere Versuche, beim letzten Mal wurde ich aber bereits nach dem ersten Klingeln jäh weggedrückt. Daraufhin ploppte eine Nachricht von Kevin auf meinem Display auf:

Lass mich in Ruhe, ich brauche Zeit, um nachzudenken.

Diese Worte liessen mir das Blut in den Adern gefrieren. Mir war auf Anhieb klar, was dies zu bedeuten hatte. Zuerst wollte ich ihm in einer ausführlichen Nachricht schreiben, wie sehr es mir leidtun würde, wie sich alles in der letzten Zeit entwickelt hatte, dass ich gerne mit ihm offen über alles sprechen würde und so weiter.

Doch eine Stimme in mir sagte, dass dies ohnehin nichts mehr bringen würde, sondern ich ihn damit erst recht noch verärgerte. Daher liess ich es bleiben. Die Entscheidung lag nun nicht mehr in meiner Hand, ich würde mich dem fügen müssen, was sich mir ergeben würde.

Als ich Zuhause eingetroffen war, fiel meiner Mutter natürlich sofort auf, dass mit mir etwas nicht in Ordnung war. Da es diesmal wirklich keinen Zweck mehr hatte, alles abzustreiten, schüttete ich ihr mein ganzes Herz aus, bis meine Stimme irgendwann versagte. Sie schloss mich in ihre schützenden Armen, doch nicht einmal diese konnten mich aus dieser Situation befreien und vor dem mir drohenden Unheil bewahren. Ich hatte jegliches Gefühl für Zeit und Raum verloren, genauso wie den Überblick darüber, wieso ich mich nun eigentlich in dieser Lage befand.

Alle paar Minuten schaute ich mutlos auf mein Display in der unrealistischen Hoffnung, eine Nachricht von Kevin dort vorzufinden, die das Ganze in irgendeiner Art und Weise entschärfen würde. Doch natürlich blieb mir dieser Wunsch unerfüllt.

Um mich etwas abzulenken, scrollte ich mich geistesabwesend durch eines dieser sozialen Netzwerke, wo alle möglichen unnützen Bilder raufgeladen wurden. Im Prinzip boykottierte ich diese Online-Dienste, die nichts weiter als eine Plattform zur Selbstverherrlichung besonders unter Jugendlichen dienten, doch als passive Zuschauerin dieser lächerlichen Post und Kommentare war dies manchmal ein ganz amüsanter Zeitvertreib. Jedoch konnte man dadurch unter Umständen auch auf Sachen stossen, die einem lieber verwehrt geblieben wären. Genau dies geschah mir nämlich in diesem Moment.

Zunächst hatte ich diesem einen Foto genau wie allen anderen bloss einen flüchtigen Blick gewidmet, um es daraufhin gleich wieder weiterzuschieben, doch da hielt ich plötzlich inne. Es war eines dieser Bilder, auf denen junge Herangewachsene die Tatsache zelebrieren, sich endlich aus eigener Kraft Alkohol besorgen zu können und ihrer eben erst erworbenen Mündigkeit durch völlig peinliche, möchtegern-coolen Posen mit irgendwelchen Billig-Wodkaflaschen in der Hand jegliche Glaubwürdigkeit nehmen. Solche Bilder wischte ich in der Regel fremdschämend und kopfschüttelnd weiter, aber irgendetwas hatte meine Aufmerksamkeit erregt. Konnte es wirklich sein, dass...? Aber nein, ich sah doch ganz bestimmt vor lauter Durcheinander in meinem Kopf bloss Gespenster. Oder etwa nicht?

Ich rang eine Zeit lang mit mir selber, ob ich wirklich nochmals zum vorherigen Bild zurückscrollen sollte, um mir über meinen Verdacht Klarheit zu verschaffen. Einerseits hatte ich Angst davor, dass er sich dadurch als wahr erweisen würde, andererseits war die Ungewissheit darüber aber fast noch unerträglicher. Mit pochendem Herzen ging ich also das Wagnis ein, wodurch meine Annahme zu meinem Entsetzen tatsächlich bestätigt wurde.

Das Foto zeigte die Silhouetten zweier Personen, die ihre Arme umeinander gelegt haben und johlend mit der freien Hand je eine Spirituose in der Luft herumschlenkerten. Da es draussen aufgenommen wurde, wo es bereits schon ziemlich dunkel war, konnte ich die Gesichter nur schwer erkennen.

Am Handgelenk der einen Gestalt blitzte aber unmissverständlich die Uhr auf, die ich Kevin zum letzten Geburtstag geschenkt hatte. Dann konnte das daneben doch nur... Tatsächlich! Dieser Lump hatte echt die Nerven, mir zu verklickern, er bräuchte Zeit um nachzudenken, in Wahrheit dröhnte er sich aber die Birne mit dieser hinterhältigen Zicke voll! Zu allem anderen hatte er noch die Frechheit gehabt, darunter #thuglife#bestie:* zu kommentieren, damit auch wirklich jeder verstand, was für ein geniales Leben er führte, und dann erst noch mit seiner ach so tollen Kollegin.

In meinem Kopf drehte sich alles. Das hatte er ganz bestimmt mit Absicht getan. Was er von mir noch hielt, war mit dieser Aktion auf feigste Weise mehr als ersichtlich dargestellt worden. Wenn ich geglaubt hatte, der Streit von vorhin sei unerträglich gewesen, der kaum schlimmer hätte sein können, dann hatte ich mich geirrt. Das Gefühl, das sich bei diesem Anblick in mir breit machte, war noch viel schmerzhafter, sofern es eine Steigerung von Unerträglichkeit überhaupt gab.

Völlig von Sinnen knallte ich mein Smartphone mit voller Kraft gegen meine Zimmerwand und brach in Schluchzen aus. Ich wünschte mir nichts sehnlicher, als aus diesem Albtraum endlich zu erwachen und in mein altes Leben wieder zurückkehren zu können. Doch dieses gab es offensichtlich nicht mehr. Durch die Erscheinung einer einzigen Person wurde alles zerstört, was ich mir mit so viel Mühe und Hingabe aufgebaut hatte. Alle Zuversicht, jegliche Unbeschwertheit, die ich mir so lange gewünscht hatte und jetzt nach so langer Zeit endlich einmal ausleben konnte, fiel nun wie ein Kartenhaus über mir zusammen. Nun ja, im Prinzip stimmte es nicht, wenn ich die ganze Schuldzuweisung Natascha unterjubelte. Kevin war mindestens genauso mitschuldig, da er sich auf dieses Spielchen eingelassen hatte und es sogar ganz offensichtlich in vollen Zügen genoss.

Durch meinen plötzlichen Gefühlsausbruch aufgeschreckt kam meine ganze Familie besorgt in mein Zimmer gerannt. Vor lauter Weinen brachte ich kein einziges Wort heraus, weshalb ich mit meiner Hand zur Wand deutete, wo mein Handy lag. Das Foto leuchtete immer noch auf meinem Display auf, weshalb alle sofort verstanden, was Sache war. „W-wieso tut er mir d-das an", brachte ich gequält hervor.

Bestürzt sahen sich meine Eltern und Mike an.

„Ach Leonie, das hast du echt nicht verdient... Siehst du nicht, wie dich dieser Junge kaputt macht? Du musst endlich einen Schlussstrich unter das Ganze ziehen, so kann es doch nicht weitergehen, auch wenn es ein sehr schwieriger Schritt ist", meinte meine Mutter.

„Aber dann habe ich gar niemanden mehr in der Schule, der zu mir hält."

„Was redest du denn da für einen Blödsinn? Du hast doch Amira, und bestimmt gibt es noch viele andere Leute, die dich mögen. Du hast dich einfach immer so sehr auf diesen Kevin versteift, dass es ihnen gar nicht möglich war, zu dir durchzudringen. Zudem ist ja genau er derjenige, der dich im Stich lässt. Du würdest nie von ihm das bekommen, was ein normaler Junge seiner Freundin gewährt.

„Leonie, du schreibst jetzt sofort, dass du morgen mit ihm sprechen willst. Du kannst dich jetzt nicht das ganze Wochenende mit diesem Bild im Kopf rumquälen und darauf warten, bis du ihm in der Schule wieder begegnest. So weitergehen kann es ohnehin nicht, eine ehrliche Aussprache ist sowieso längst schon fällig. Du musst wirklich auf ein Treffen mit ihm bestehen, sonst geht das womöglich noch ewig so weiter", warf nun auch mein Bruder ein.

„Er wird mir sowieso nicht zurückschreiben, das hat er in letzter Zeit fast nie mehr getan, und wenn doch, dann immer nur, um mich wieder anzufahren", erwiderte ich matt.

„Tu es einfach, dann hast du es wenigstens versucht und hast Grösse gezeigt", bestärkte mich auch meine Mutter.

Auffordernd reichte mir mein Vater mein Smartphone, welches glücklicherweise durch meinen unkontrollierten Gefühlsausbruch keinen Schaden genommen hatte, wie ich nach einem prüfenden Blick feststellen konnte.

Willenlos öffnete ich auf die Anordnung meiner Familie hin den Chat mit Kevin. Ich konnte vor Panik kaum atmen, als ich kurz und bestimmt schrieb:
Ich will morgen mit dir reden. Komm zu unserem Treffpunkt.
Mit unserem Treffpunkt meinte ich den Platz vor unserem Lieblingscafé. Oder besser gesagt vor unserem einstigen Lieblingscafé. Diese Zeiten waren wohl endgültig vorbei.
Kaum hatte ich meine Nachricht gesendet, kam Kevin zu meinem Erstaunen sofort online. Wie gebannt starrte ich auf den Bildschirm. Die wenigen Sekunden, die er zum Lesen und womöglich zum Überlegen brauchte, kamen mir so qualvoll lange vor, als hätte jemand die Zeit angehalten. Ich traute mich fast nicht, das Display anzusehen, und dennoch konnte ich meinen Blick nicht davon abwenden. Meine Eltern und Mike hatten sich allesamt um mich versammelt, schauten der

Höflichkeit halber aber nicht auf den Chat. Die stille und dennoch grausam verurteilende Spannung zwischen meinen zwei Zeilen und der noch unausgesprochenen Antwort von Kevin zerriss mich fast. Schon wieder besass er die Oberhand, erneut würde er entscheiden können, wie dieses Gespräch weiterging, vorausgesetzt, er würde es überhaupt stattfinden lassen. Alles hing nun von seinem Willen ab.

Und da geschah es. Kurz und schmerzlos. Seine Entscheidung war gefallen. Er ging wieder offline. Kein einziges Wort hätte so schmerzhaft sein können wie diese Reaktion. Die ganze Anspannung fiel mit einem Schlag in mir zusammen und liess ein grosses schwarzes Loch zurück, welches jegliche weiteren Gefühlsregungen in sich aufsaugen würde. Von dem, was meine Familie mir daraufhin sagte, nahm ich nichts mehr war. Starr blickte ich auf das Display, welches mittlerweile erloschen war. Keine Nachricht würde es mehr erleuchten. Es war schwarz.

Daran, wie ich das darauffolgende Wochenende verbrachte, konnte ich mich im Nachhinein wahrlich nicht mehr erinnern. Es ist schon fast so, als hätte jemand an dieser Stelle den Film in meinem Kopf durchtrennt und nur noch schwarze Leere übriggelassen. Lediglich das Gefühl ist mir in Erinnerung geblieben, diese grausame, zerreissende Angst vor dem Bevorstehenden. Die pure Verzweiflung, nichts unternehmen zu können, als befände sich mein Körper in einem Zustand der Ohnmacht. Der Verstand funktionierte, fortwährend die Bilder der vergangenen Tage hervorrufend, welche sich in meiner Fantasie zu immer unerträglicheren Szenarien erweiterten. Doch meine Hände waren gebunden. Die fortschreitende Zeit führte mich wie ein Tier in einem Lastwagen zum Schlachthof, zunächst panisch gegen die bedrängenden Wände tretend, allmählich aber in apathische Resignation

übergehend. Aller Widerstand nützte nichts, der Ausgang
würde so oder so derselbe sein.

Wie ich am Montag in die Schule kam, war mir zurückbli-
ckend nicht minder schleierhaft. Amira wich keine Sekunde
von mir. Keiner von uns sagte etwas, es waren keine Worte
dafür nötig, um zu wissen, was der andere dachte. Diese vertraute Stille wurde erst am Mittag unterbrochen, als Amira
plötzlich unruhig wurde. Wie immer sassen wir im Schulhaus
an einem Tisch, von wo aus man einen Überblick über die
gesamte Halle hatte. Ich folgte ihrem Blick, der starr in eine
bestimmte Richtung gerichtet war. Meine innere Betäubung
wurde mit einem Schlag durch aufkommende Panik ver-
drängt. Ich sah, wie Kevin in lässiger Haltung durch das Gebäude schritt, dessen Ziel dem Anschein nach genau wir
waren. Ich schaute hilflos zu Amira, die ihm immer noch mit
düsterer Miene entgegenfunkelte.

„Der kann was erleben“, zischte sie und ging in Angriffs-
haltung. Mit angehaltenem Atem verfolgte ich den weiteren
Verlauf des Geschehens, nicht wirklich einordnen könnend,
ob ich Teil der Handlung war oder nicht. Kaum war Kevin bei
uns angekommen, fuhr Amira ihn an:

„Was hast du hier zu suchen? Ich wüsste nicht, was du uns
noch zu sagen hast!“
Doch Kevin schien völlig unbeirrt, er hatte wohl mit einer solchen Reaktion gerechnet.

„Ich würde gerne mit Leonie sprechen. Alleine.“ Beim
letzten Wort sah er sie eindringlich an.
„Ich denke nicht, dass sie mit dir noch etwas bereden möchte.
Du hast deinen Standpunkt deutlich genug bereits zum Aus-
druck gebracht.“

„Möchtest du die Angesprochene nicht vielleicht einmal selbst zu Wort kommen lassen?", entgegnete er in herablassendem Tonfall.

„Sag mal, geht's eigentlich noch? Dass du nach allem, was passiert ist, noch die Frechheit hast, so mit uns zu sprechen!" Ich machte mich immer kleiner auf meinem Stuhl. Dass wegen mir gleich ein riesen Tumult ausbrechen würde, war mir höchst unangenehm. Natürlich war ich Amira für ihren Einsatz unendlich dankbar, dennoch wusste ich, dass es nun an mir lag, die Lage zu entschärfen. Beschwichtigend legte ich ihr meine Hand auf die Schulter und meinte:

„Lass mal, es ist wohl wirklich das Beste, die ganze Angelegenheit endlich mal bei Worten zu nennen."

Dies schien auch ihr einzuleuchten, weshalb sie von ihm abliess und mir mit ihren Augen unmissverständlich signalisierte: *Lass dich von diesem Kerl nicht unterkriegen.*

Matt nickte ich ihr zu. Aber sie wusste wohl genauso wie ich, dass ich keine Macht darüber haben werde, wie das Gespräch ausgehen würde und noch viel weniger über meine Gefühle, die mich dabei übermannen würden.

Ich erhob mich und folgte Kevin, der bereits vorgelaufen war. Ich traute mich nicht, in seine Augen zu blicken, da ich mich davor fürchtete, was sie mir als direktes Fenster zu seiner Seele offenbaren würden. Daher schritt ich stumm hinterher, nicht einmal darauf achtend, wo er mich hinführte. Wirklich glorreich konnte man mein Auftreten nicht gerade nennen, aber was tat das noch für einen Unterschied. In seinen Augen war ich ohnehin schon längst zu einem kümmerlichen Nichts zusammengeschrumpft, welches es nun noch galt, endgültig aus dem Blickfeld zu kehren. Erst als er stehen blieb, sah ich mich vorsichtig um.

Er hatte mich offenbar zu dem Platz geführt, auf dem wir uns zum ersten Mal begegnet waren. War das nur ein Zufall oder hatte er sich bewusst für diesen Ort entschieden? Ich konnte mich irgendwie auf keine Antwort festlegen.

Wir setzten uns auf ein tiefgelegenes Mäuerchen, wobei der räumliche Abstand zwischen uns, den wir dabei einnahmen, mehr als Bände sprach. Mit einem Mal wurde ich von einer riesigen Wut übermannt. Seine Präsenz in Verbindung mit diesem vertrauten Ort erweckte in mir Gefühle, die mir bisher noch völlig unbekannt gewesen waren. Sie verliehen mir die Stärke, Kevin unverblümt in die Augen zu sehen und ihn spüren zu lassen, was ich von ihm hielt. Gleichzeitig enthüllten sie ihm aber auch meine tiefe Traurigkeit, da sie nicht mehr finden würden, was sie einst in den seinigen erwartet hatte. Dieser warme Blick, der voller Fürsorglichkeit und Zuneigung gewesen war, würde für immer erloschen bleiben. All seine beschwichtigenden Worte in der letzten Zeit hatten nur verdecken wollen, was schon längst nicht mehr existierte. Und dennoch liess mich die Erinnerung an das einst lodernde Feuer nicht mehr los. Je weiter er sich von mir entfernte, desto mehr klammerte ich an dieser fest, in der Angst, ansonsten alleine in der Kälte zurückzubleiben.

All das würde er aus meinen Augen lesen können, als ich ihn eisig fragte: „Was hast du mir denn nun zu sagen?"

Von meiner plötzlichen Gemütsänderung verunsichert, rutsche er etwas unbehaglich auf seinem Platz herum.

„Also, ich weiss nicht so genau, wie ich es sagen soll..."

„Soll ich deinen Part übernehmen? Du hast nicht den Mut gefunden, mir schon längst zu verklickern, was Sache ist, und wolltest mir daher auf feige und hinterhältige Weise zu spüren geben, woran ich bin. Da dich dann aber letztendlich trotzdem das schlechte Gewissen gepackt hat, hast du gedacht, mich in der Schule abzuservieren, da in einer Stunde der Unterricht sowieso wieder beginnen würde und du damit schön aus dem Schneider wärst."

„So hart würde ich das nun also nicht ausdrücken...“

„Ach nein, wie dann?“

„Hör mal, es fällt mir wirklich nicht einfach, das kannst du mir glauben. Ich weiss, du denkst, ich habe ein Verhältnis mit Natascha oder möchte eines mit ihr eingehen, aber dem ist nicht so, das kann ich dir mit hundertprozentiger Sicherheit beteuern. Jedoch hat sie in mir etwas ausgelöst, was bisher noch nie jemandem gelungen ist. Sie ist die erste Person, die mich so akzeptiert, wie ich bin. Sie hat mich ermutigt, so zu leben, wie ich es möchte. Ich will frei sein, tun und lassen können, was ich will, ohne dabei ständig jemandem Rechenschaft ablegen zu müssen. Ich habe einfach keine Luft mehr gekriegt. Und ich möchte unsere Beziehung lieber sauber beenden, als dich irgendwann mit jemandem zu hintergehen.“

Ich lauschte all seinen Worten, doch mich quälte die ganze Zeit über nur dieselbe eine Frage, die für mich entscheidender war als alles andere:

„Liebst du mich noch? Sei ganz ehrlich.“

Er zögerte. Offenbar schien ich einen wunden Punkt getroffen zu haben.

„Ehrlichgesagt... Nicht mehr genug. Es reicht für mich einfach nicht mehr aus, um die gesamte Last tragen zu können.“

„Wie lange spielst du mir das Ganze schon vor?“

„Schon eine geraume Weile... Ich habe immer gehofft, dass die Gefühle wieder zurückkehren würden, aber sie sind immer mehr geschwunden. Es tut mir unendlich leid, dass es so enden muss. Ich weiss, wie schwer das jetzt für dich ist. Deshalb konnte ich mich so lange nie zu diesem Schritt überwinden, aber ich habe es mittlerweile einfach nicht mehr ausgehalten.“

Ich spürte, wie ich langsam zu frieren begann. Die Wärme in meinen Erinnerungen wurde immer mehr von schwarzen

Wolken überschattet, die nichts weiter als eisige Dunkelheit übrig liessen.

„Wieso hast du dich denn so gemein mir gegenüber verhalten? Was habe ich dir je angetan, das solch eine Reaktion in dir hervorgerufen hat? Ich bin immer für dich da gewesen, habe dich in allem unterstützt, was du getan hast. Alles dämliche Gerede über dich habe ich ignoriert. Es kann doch nicht sein, dass jetzt alles auf einmal vergebens gewesen sein sollte. Wir waren einst mal solch ein tolles Team, nichts hätte uns je unterkriegen können. Wenn dich irgendwas stört an unserer Beziehung, dann kannst du das mir doch offen und ehrlich sagen, dann können wir gemeinsam das Problem angehen. Gib uns noch eine Chance.“

„Leonie, wenn für mich die Möglichkeit bestünde, das mit uns beiden noch einmal zu versuchen, dann hätte ich dir das längst gesagt. Aber ich sehe nun einmal, dass es von meiner Seite aus keinen Sinn mehr hat. Ich möchte dich nicht noch länger hinhalten und dir falsche Hoffnungen machen. Wir können von mir aus gerne Freunde bleiben, aber für mehr reicht es wirklich nicht mehr.“

Ich merkte, dass er offenbar seine Meinung nicht mehr ändern würde, unabhängig davon, was ich noch tun oder sagen würde. Die Angelegenheit war für ihn eine vollendete Sache, ohne dass ich auf deren Entscheidung auch nur ansatzweise Einfluss hätte nehmen können.

„Kannst du dich dann wenigstens noch für dein Verhalten in der letzten Zeit entschuldigen?“, fragte ich daher nur noch.

„Ich wüsste nicht, was ich falsch gemacht habe. Du trägst genauso Schuld an der jetzigen Situation wie ich. Wenn du mir von Anfang an mehr Vertrauen geschenkt hättest, dann wäre in mir vermutlich gar nie erst dieser Drang nach Freiheit aufgekommen.“

„Wie bitte? Jetzt gibst du noch mir die Schuld an allem?“ Mir platzte beinahe der Kragen bei dieser Aussage. „Meine Annahmen bezüglich dieser Natascha waren ja wohl berechtigt gewesen, du siehst ja, dass sie sich bestätigt haben.“
„Hör mal, ich möchte jetzt echt nicht streiten, können wir dem Ganzen nicht einfach ein sauberes Ende bereiten und die Sache dann darauf beruhen lassen? Es hat wirklich keinen Zweck mehr, darüber zu diskutieren.“

„Siehst du, wie ich es gesagt habe: du drückst dich vor der Verantwortung. Nicht einmal jetzt kannst du eingestehen, was du getan hast.“

Wie nicht anders zu erwarten, ging er auf meine Bemerkung nicht ein.

„Es tut mir leid, aber ich muss jetzt wirklich gehen, der Unterricht fängt gleich an.“

Er erhob sich und machte etwas unsicher Anstalten, zu gehen.

„Mach's gut, Leonie, wir werden uns sicher hin und wieder im Schulhaus noch begegnen“, meinte er noch abschliessend, bevor er sich endgültig aus dem Staub machte.

Meine Gedanken rotierten wild im Kreis herum, unfähig, auch nur eine einzige Information zu realisieren. Natürlich wusste ich, dass einem der Freund nicht alleine gehören kann, es ist normal, dass jeder Partner sein eigenes Umfeld besitzt. So sollte es auch sein. Hätte er sich nur auf mich fokussiert, wäre die Luft des Liebesballons schon viel früher raus gewesen.

Dies hätte jedoch nur funktionieren können, wenn ich das Gefühl bekommen hätte, einzigartig und die eine Person zu sein, der er sein Herz öffnen gewollt hätte. Nur so wäre es mir möglich gewesen, ihm das Vertrauen entgegenzubringen, um ihm seinen nötigen Freiraum zu gewähren. Da dieses Kriterium aber nicht erfüllt war, schwand der Ballon trotzdem unweigerlich zu einem winzigen Nichts zusammen. Angst und Misstrauen waren meine ständigen Begleiter gewesen, die morgens beim Aufwachen bereits auf mich gewartet hatten und nachts die letzte Erinnerung an mein reales Leben gewesen waren, bevor ich in eine fiktive Traumwelt entschlafen war. Aus dem Segen der Liebe war die Hölle auf Erden geworden. Denn ich klammerte mich folglich instinktiv immer mehr an Kevin, den ich zunehmend aus den Fingern zu gleiten gespürt hatte. Aber anstatt den endgültigen Fall zu vermeiden, hatte ich damit den Vorgang beschleunigt, da er sich mit der stetig wachsenden Einengung erst recht loslösen wollte. Diesem Teufelskreis zu entkommen war nahezu eine Sache der Unmöglichkeit gewesen, weil er wie ein Strudel in immer enger werdenden Kreisen auf den Abgrund zugesteuert war.

Da wir nicht rechtzeitig die direkte Konfrontation miteinander gesucht hatten, um gemeinsam eine Lösung für das Problem zu suchen, konnte ich nun diesem längst abgefahrenen Zug lediglich noch von hinten zuwinken. Mit dem endgültigen Erlöschen der Rücklichter irgendwo am Horizont, welche in diesem Fall Kevin darstellten, war nun auch die Beziehung zu Ende.

Ich blieb alleine am Perron zurück und blickte verzweifelt hinterher. Doch dort, wo einst der Zug gestanden hatte, herrschte jetzt nur noch erdrückende Leere. Der nachziehende Luftzug hüllte mich in seiner eisigen Kälte ein und liess meine Seele endgültig erstarren.

9. Es ist, wie es ist (2)

Für den Rest der Woche meldete ich mich krank. Anschliessend würden Gott sei Dank die Ferien beginnen.

Der Gedanke, nach all dem in das Schulhaus zurückzukehren, wo mich jeder kleinste Winkel an Kevin erinnerte, schien mir nahezu unerträglich. Zu vieles hatten wir gemeinsam erlebt, fast meine gesamte Schulzeit dort hatte ich an seiner Seite bestritten, in der wir uns gegenseitig unterstützten, gemeinsam lachten und stets bemüht waren, den Tag des Anderen neben all dem theoretischen Wissenskram so schön wie möglich zu gestalten. Wie oft hatten wir einander vor dem Klassenzimmer überrascht, um die Pausen Seite an Seite zu verbringen, in denen wir uns so viel zu erzählen wussten, sodass der Uhrzeiger wahrlich in Windeseile auf den nächsten Lektionsbeginn zuzusteuern schien.

All die Kleinigkeiten, die ich die ganze Zeit als so selbstverständlich betrachtet hatte, würden nun für immer ausbleiben. Der Alltag würde nie mehr so sein, wie er es einst gewesen war. Der Ort blieb unverändert, doch sein Glanz war entschwunden. Niemand, nicht einmal Amira, würde in der Lage sein, diese Lücke zu füllen.

Zu alledem war ich nun bei jedem Aufenthalt im Schulgebäude der Gefahr ausgeliefert, unverhofft auf die beiden Turteltäubchen zu treffen. Auch wenn es Kevin bestritt, wusste er genauso wie ich, dass Natascha meinen Platz an seiner Seite eingenommen hatte, wenn auch nur auf platonische Weise. Zumindest war dem jetzt noch so. Wie sich die Zukunft zeigen würde, stand noch in den Sternen. Ich fürchtete mich vor deren Gesicht, welches mir mit immer konkreter werdenden Konturen höhnisch grinsend entgegenblickte. Nirgends würde ich vor ihm sicher sein, nicht einmal hier in meinem

Zimmer, da es mich bis in meine Gedanken und Träume verfolgen würde. Sie war die unverblümte Wahrheit, die sich zugleich so unreal anfühlte, dass ich mir nicht einmal mehr sicher war, in was für einem Zustand ich mich nun befinden würde. Ich war zugleich wach und dennoch mitten im schlimmsten Albtraum gefangen, wandelnd zwischen Realität und Fiktion. Wie bei Schrödingers Katze befand ich mich in einem paradoxen Zwischenstadium von tot und lebendig, nicht wissend, was es nun wirklich war.

Mit jeder Erinnerung an ein schmerzhaftes Szenario der letzten Zeit wurde zugleich ein Schönes in meinem Gedächtnis hervorgerufen, welches jegliche Wut überschattete. Kein Gefühl war stärker als die Sehnsucht nach der Vergangenheit. Immer stärker verfiel ich in den Film aus gemeinsamen Erlebnissen, in denen er noch der liebevolle Freund gewesen war, in den ich mich einst verliebt hatte. Diese Person musste es doch noch irgendwo geben, deren Seele womöglich nun irgendwo herumirrte, unfähig, aus eigener Kraft zu ihrem Besitzer zurückzufinden. Ich brauchte ihr bloss den Weg zu weisen. Doch wie sollte das gehen? Wenn sie sich ihrem Ursprung nicht mehr entsann, warum sollte dann ich diejenige sein, ausgerechnet ich, die ihr diesen zeigen konnte, wo ich doch selbst jegliche Orientierung verloren hatte?

All diese Fragen und Gedanken quälten mich in den folgenden Tagen, wobei mein Unvermögen, sie zu beantworten, noch viel unerträglicher waren als diese selbst. Sie verknüpften sich zu einem immer noch verworreneren Knäuel, wo weder Anfang noch Ende ersichtlich waren. Mit jeder zusätzlichen Überlegung wuchs er weiter an, sodass ich irgendwann solch einen gewaltigen Druck in meinem Kopf verspürte, der kaum mehr auszuhalten war. Natürlich wusste ich, dass diese Beschwerden keines medizinischen Ursprungs waren, weshalb sie einer anderen Behandlung bedurften als mit

Medikamenten. Was ich brauchte, waren Antworten. Unmissverständliche, eindeutige Antworten, und zwar von ihm. Nur Kevin alleine konnte diese mir geben.

Seit unserer Trennung waren mittlerweile drei Tage vergangen. Nicht unbedingt genügend Zeit, um Reue über einen allenfalls begangenen Fehler zu verspüren, aber dennoch soviel, um etwas Abstand zu gewinnen und das Gemüt etwas zu beruhigen. Auch wenn ich wusste, dass es ein grosses Risiko war und ich nur eine einzige Chance haben würde, musste ich diese nun ergreifen. Morgen würde der letzte Schultag vor den Ferien sein, vor diesen musste ich Gewissheit erlangen. Ansonsten würde ich aus meiner Verwirrung nicht mehr rausfinden.

Ich benötigte die endgültige Wahrheit, den Schlüssel zu all meinen Fragen. Auch wenn ich es nach dem zu erwartenden Misserfolg bereuen würde, musste ich das Wagnis eingehen. Ob ich es nun versuchen und scheitern oder aber die Möglichkeit unangetastet lassen würde, unwissend über deren Ausgang, kam letztendlich auch nicht mehr drauf an.

Daher fragte ich Kevin in einer Nachricht, mich allen warnenden Rufen in meinem Innern widersetzend, ob er am nächsten Tag nach der Schule nochmals Zeit haben würde für ein Gespräch. Ich wusste, dass ich damit jeglichen Stolz von mir untergraben hatte, da es weder lohnenswert noch rühmlich war, nach allem Geschehenen diesem Typen noch hinterherzurennen. Doch Gefühle liessen sich nun mal nicht steuern, seien sie noch so töricht und sinnlos.

Ich traute mich kaum, den Eingang meiner Nachrichten zu überprüfen, weshalb ich für die nächsten paar Stunden mein Handy ausschaltete. Sehr erwachsen, ich weiss. Aber ich musste einfach etwas Abstand gewinnen. Lieber blieb ich eine Zeit lang im Glauben, Kevin hätte möglicherweise schon geantwortet, ich hatte es einfach bloss noch nicht gesehen, als dass ich mit jeder vergangenen Sekunde ohne Reaktion seinerseits noch mehr Selbstvertrauen verlieren würde.

Als ich das Gefühl hatte, allmählich einen Blick wagen zu können, schaltete ich das kleine Gerät wieder ein und gab mit pochendem Herzen den Code ein. Ich erschrak beinahe zu Tode, als gleich darauf eine Nachricht auf dem Homescreen aufsprang. Na toll, das war die übliche Meldung, dass ich meine SIM-Karte entsperren musste! Wie hatte ich diese nur vergessen können. Mein Puls beruhigte sich langsam. Nichts. Keine weiteren Nachrichten erschienen. Wenn mein Blutdruck eben noch hoch gewesen war, dann sank er nun in den Keller. Die ganze Aufregung war umsonst gewesen. Wie hätte es auch anders sein sollen.

Mit einem winzigen Fünkchen restlicher Hoffnung öffnete ich trotzdem meine Nachrichten für den Fall, dass aus irgendeinem unerfindlichen Grund genau seine nicht angezeigt worden wäre. Es ist wohl überflüssig zu erwähnen, dass ich dort ebenfalls keine weiteren Informationen vorfand.

Ich wollte soeben wieder offline gehen, als er plötzlich zu tippen begann. Bei dieser Entdeckung erlitt ich den gefühlt tausendsten Herzstillstand in dieser Woche. Plötzlich hörte er auf zu schreiben, offenbar schien er zu zögern. Würde er jetzt tatsächlich einen Rückzieher machen?

Ich spürte schon, wie sich mir die nächste geballte Ladung an Enttäuschung zu nähern drohte, als er seinen Schreibprozess wieder aufgriff. Um Kevin nicht allzu sehr den Eindruck zu vermitteln, dass ich ihm nachstellen würde, verliess ich die App, nur um daraufhin von Neuem meine Beobachtungen fortzusetzen. Ich fühlte mich in diesem Zeitpunkt wohl kaum gelassener als ein Spannferkel.

Und endlich, nach ungefähr fünf Minuten bangem Wartens erschien die alles entscheidende Nachricht.

Okay. Komm zur Busstation.

Auch wenn ich beim besten Willen nicht wusste, wie er so lange für diese vier Worte haben konnte, waren dies die erlösendsten, die ich je gehört hatte, so profan sie auch waren. Meinem Vorhaben stand nun nichts mehr im Wege.

Am nächsten Morgen wachte ich ziemlich gerädert auf, bloss um vom einen Albtraum in denjenigen überzutreten, der sich zurzeit „mein Leben" nannte.

Ich hatte kaum Schlaf gefunden, so sehr fürchtete ich mich vor dem bevorstehenden Treffen. Die Aufregung, die ich verspürte, war vom Ausmass vergleichbar mit jener vor einem ersten Date, mit dem geringfügigen Unterschied, dass in diesem Fall deren Fundament alles andere als erfreulich und hoffnungsvoll war. Mich würde mit aller Wahrscheinlichkeit nicht der Anfang einer zweiten Chance erwarten, sondern jener vom definitiven Ende. Dennoch versuchte ich, diesen bitteren Beigeschmack zu ignorieren und mich so gut es ging in Schale zu werfen, um damit in einem Akt der Verzweiflung die Richtung dieses Ausgangs abzulenken. Kevin durfte einfach unter keinen Umständen auch nur den kleinsten Hauch meiner Niedergeschlagenheit mitbekommen, ansonsten würde er sich sofort in seinem männlichen Ego gestärkt fühlen und mich von oben herab ein zweites Mal in den Wind schlagen. Wenn ich punkten wollte, musste ich selbstsicher auftreten. Nur so würde ich Eindruck schinden.

Um meinem zugegebenermassen etwas verstaubtem Mut auf die Sprünge zu helfen, hörte ich auf dem Weg meiner Lieblingsband zu, in deren Liedern sie genau diese Gefühle ausdrückten, welche in mir gerade vorgingen.

Doch kaum fuhr mein Bus an besagter Station ein, wurde jeglichem Vorsatz von mir ein gewaltiger Strich durch die Rechnung gemacht. Es handelte sich nur um wenige Sekunden, doch sie reichten, um mir Ausschluss darüber zu geben, was mich gleich erwarten würde.

Ich sah nämlich, wie Kevin ein mir fremdes Mädchen umarmte. Diese Tatsache alleine wäre ja nicht weiter erwähnenswert gewesen, immerhin hatten es sich alle Schüler in diesem Alter zum Brauch gemacht, sich einer total überflüssigen Abschiedszeremonie zu bedienen, sobald sie sich für ein paar Stunden oder gar Tage trennen mussten.

Was mich aber stutzig machte, war ihr Aussehen. Sie trug kurze, aufgestellte rote Haare und einen Sidecut. Zudem hatte sie ihrem Pinsel beim Schminken eindeutig zu viel Freiraum gegönnt. An ihren Kleidern waren mehr kaputte Stellen auszumachen als zusammenhängende Stoffflächen, was sie in Kombination mit ihrem total übertriebenen Styling in eine Kategorie einteilte, die ich eigentlich nicht unbedingt mit Kevin in Verbindung gebracht hätte.

Gerade als ich ausstieg, liess sie von ihm ab und lief davon. Hm, das war mehr als merkwürdig. Ich winkte ihm zu und deutete mit dem Kopf zum Bänkchen rüber, das sich von einem Baum abgeschirmt etwas entfernt von der Station befand. Er schien zu verstehen. Es war ein merkwürdiges Gefühl, ihn auf mich zukommen zu sehen im Wissen, dass ich ihm nicht mehr Zuneigung zukommen lassen durfte als einem gewöhnlichen Kumpel, einer blossen Bekanntschaft ohne tieferer Bedeutung. Ihm machte dies wohl nichts aus.

„Hi guy“, meinte er und nickte mir lässig zu. Hi guy? Waren das tatsächlich die passendsten Worte, die er für mich übrighatte, dem Mädchen, dem er vor gerade mal vier Tagen den Laufpass gegeben hatte?

„Hallo", erwiderte ich demzufolge ziemlich distanziert. Na toll, einen besseren Start hätte unser Gespräch nicht nehmen können.

„Du, bevor ich's vergesse: ich habe nicht allzu lange Zeit, ich treffe nachher noch jemanden."

„Dieses Mädchen von vorhin?"

Er stutzte. „Du hast uns gesehen?"

„Sie hat sich gerade auf den Weg gemacht, als ich aus dem Bus gestiegen bin."

„Ach so. Ja, genau die."

„Wer ist das denn? Ich habe sie noch nie an unserer Schule gesehen."

„Sie geht auch nicht hier zur Schule, sie arbeitet bereits. Ich habe sie kennengelernt, als ich vor kurzem mit ein paar Kolleginnen draussen war. Sie hat mir ein Bier angeboten. Wir waren uns auf Anhieb sympathisch."

Interessant, vor einem Jahr hätte er noch einen riesen Bogen um jemanden wie sie gemacht.

„Läuft denn was zwischen euch?"

Zu meinem Erstaunen reagierte er völlig gelassen auf diese Frage.

„Nein, ich habe aber rausgefunden, dass sie auch bi-sexuell ist. Das hat uns irgendwie total zusammengeschweisst, endlich mal jemanden getroffen zu haben, der sich in der gleichen Situation befindet."

Na, da hatten sich ja zwei gefunden. Diesen etwas unerfreulichen Einstieg ignorierend wollte ich mich nun bei ihm vergewissern, ob er sich seinem Entschluss mir gegenüber immer noch sicher wäre. Aber wie nicht anders zu erwarten war dieses Gespräch nicht wirklich informativer oder erfolgreicher als das letzte. Er beharrte immer noch auf dem Standpunkt, dass er seinen Freiraum bräuchte ohne jegliche Verpflichtungen und er sich umgehend für denselben Weg entscheiden würde, wenn man die Zeit zurückdrehen würde. Er würde ein Leben führen und Sachen ausprobieren wollen, wo ihm eine Freundin bloss in die Quere käme.

Dies alles gab er mit solch einer Abgeklärtheit von sich, dass ich mich wunderte, wie lange er wohl mit mir innerlich schon abgeschlossen hatte. Kein normaler Mensch würde nach solch einer kurzen Zeitdauer eine zweijährige Beziehung so mir nichts, dir nichts wegstecken, ohne auch nur die kleinste Spur von Wehmut oder Traurigkeit zu verspüren. Ausser man übte sich in der Kunst des Verdrängens, langfristig gesehen würde dies aber auch nicht die ultimative Lösung sein.

Jedenfalls winkte er jeden Vorschlag von mir, wie wir unsere Beziehung allenfalls hätten optimieren und ihr nochmals eine Chance geben können, vehement ab oder ging gar nicht erst darauf ein. Es machte auf mich beinahe den Eindruck, als hätte Kevin schon längst auf seiner Speicherplatte gelöscht, dass ich je mit ihm zusammen gewesen war. Für ihn war alles wie ausgeblendet, als wäre ich bloss eine Bekannte aus alten Zeiten, der er gerade per Zufall begegnet war. Schön, mal wieder mit ihr zu plaudern, aber ebenso genehm, wenn sie sogleich auch wieder verschwinden würde.

Als ich mir dessen bewusst wurde, stellte ich meine Versuche allmählich ein. Meine Annahme hatte sich in ihrer vollen Gestalt bestätigt.

Kevin schien diese Wendung mehr als gelegen zu kommen, denn er meinte, als er mit geschäftiger Miene auf sein Handy blickte: „Du, es tut mir leid, falls das Gespräch nicht deinen Vorstellungen entsprechend verlaufen ist. Aber ich muss jetzt wirklich gehen.“

Da fiel mir auf, dass er seine Uhr nicht mehr trug. Noch vor wenigen Monaten war ich sein Ein und Alles gewesen, als ich sie ihm geschenkt hatte. Nun würde sie in einer Ecke verstauben, bis ihr Zeiger irgendwann stehenblieb. Niemand würde es bemerken. Jede noch so feine Kostbarkeit würde mal sein Ende nehmen. Lediglich der Zeitpunkt war ungewiss und hing verhängnisvoll über ihr, bereit, um sie bei Gelegenheit zu verschlingen.

Kevin erhob sich: „Musst du auch Richtung Bahnhof fahren?"

Ich nickte stumm.

„Gut, dann können wir ja gleich denselben Bus nehmen."

Immer noch schweigend trottete ich ihm hinterher, als er sich zur Station bewegte. Ich hatte ihm nichts mehr zu sagen. Er wollte noch irgendwelche Belanglosigkeiten von mir wissen, wie zum Beispiel, was ich in den Ferien machen würde, liess aber nach kurzer Zeit von diesem krampfhaft erzwungenen Smalltalk zur Überbrückung der völlig angespannten Situation zwischen uns ab. Wieso sich jetzt noch die Mühe geben, wenn man sich in ein paar Minuten ohnehin für immer voneinander trennen würde?

Diesen Gedanken musste er offenbar mit mir geteilt haben, denn er senkte zugleich seinen Blick und tippte auf seinem Handy herum. Wenn das Gespräch in der Realität nicht mehr lief, war es immer die schnellste und einfachste Lösung, in ein anderes in der virtuellen Welt zu flüchten. Dies alleine hätte ich ja einigermassen noch erträglich gefunden, da ich ohnehin froh war, diese steife Konversation nicht länger weiterzuführen. Erst als er sich folgendes erlaubte, platzte mir beinahe der Kragen. Völlig aus dem Nichts heraus fragte er:

„Hast du eine Ahnung, wo das *Twenty Four Hours* ist? Ist glaube ich so eine Bar."

„Noch nie gehört. Wieso?", wollte ich daher ziemlich perplex wissen.

„Ach, meine Kollegin hat gerade geschrieben, ich soll dort hinkommen. Ich dachte, du wüsstest vielleicht, wo das ist.“

Ich starrte ihn völlig entgeistert an. Da besass er nicht nur die Frechheit, vor meiner Anwesenheit mit diesem Mädchen zu schreiben, sondern fragte mich auch noch allen Ernstes, ob ich wüsste, wo ihr Treffpunkt war, den sie ihm vorgeschlagen hatte!

„Das kannst du sie ja wohl selber fragen“, erwiderte ich kurz angebunden.

Natürlich liess ihn mein vorwurfsvoller Unterton völlig kalt. Als ob nichts wäre, widmete er sich wieder seiner Chatunterhaltung. Taktgefühl schien ihm ein Fremdwort zu sein.

Als wir endlich am Bahnhof angekommen waren, blieb er zunächst etwas orientierungslos stehen. Er würde nun einen anderen Weg einschlagen müssen. Ein Weg, zu dem mir kein Zutritt mehr gewährt wurde.

„Also dann, ich muss jetzt gehen. Mach's gut.“ Er nickte mir noch kurz zu, bevor er sich endgültig von mir abwandte und ging.

Das war's nun also. Er liess mich mitten am Bahnhof stehen, ohne jeden Skrupel, nicht mal das geringste Anzeichen von Mitgefühl zeigend. Und genau dies war der Schlüsselmoment, in dem mir alles wie Schuppen von den Augen fiel. Auch wenn dieses Treffen an sich zu nichts geführt hatte, war dadurch mein völlig idealisiertes Bild von Kevin, jenes dieses liebevollen Jungen, über den Haufen geworfen worden. Es war, als erkannte ich zum ersten Mal sein wahres Gesicht, welches nun endlich zum Vorschein gekommen war. Die Maske war gefallen und lag nun neben mir, doch ich würde sie beim Verlassen des Bahnhofs hier zurück lassen. Sie würde nicht mehr länger ein Teil von mir sein.

Obwohl ich wusste, dass ich nun eigentlich am Boden zerstört sein sollte, verspürte ich eine Art Zuversicht und Erleichterung, die sich langsam durch die Düsterheit der letzten Tage hindurch zu kämpfen begann.

Kurz darauf fand ich mich am Gleis wieder, um nach Hause zu fahren. Ich betrachtete mein Spiegelbild in den Scheiben des eben einfahrenden Zuges. Doch es gelang mir nicht, mich mit der Person, die mir entgegenblickte, zu identifizieren. Völlig entfremdet stand sie dort, als wäre sie gar nicht mein eigenes Abbild, sondern ein mir völlig unbekannter Mensch, der blass und einsam auf der anderen Seite des Gleises stand. Ich erschrak bei dem Anblick. Was war nur aus mir geworden?

Als sich der Zug in Gang setzte, liess ich nachdenklich meinen Blick aus dem Fenster schweifen. So oft ich diese Strecke schon gefahren war, so verändert erschien sie mir an diesem Tag. Als ob ich sie noch nie gesehen hätte, betrachtete ich alle Bilder, die sich für den Bruchteil einer Sekunde in mein Gedächtnis einprägten, bloss um gleich darauf an mir vorbeizuziehen, um Platz für das nächste zu schaffen. Erstaunlich, wie gross die Analogie dieses simplen Phänomens zum Leben ist. Alles ist vergänglich, nichts bleibt für die Ewigkeit. Nicht einmal unsere Erinnerungen oder Gedanken würden für immer das Geschehene in uns festhalten, da auch diese sich mit der Zeit durch den subjektiven Blickwinkel und den damit verbundenen Empfindungen verändern werden. Das gleiche Prinzip gilt auch für uns Menschen. Bei den einen extremer, bei den anderen schwächer, doch wir kommen um Veränderungen nicht drum rum, egal wie sehr wir uns dagegen wehren sollten. Das Heimtückische daran ist jedoch, dass wir diese oft erst dann wahrnehmen, wenn sie bereits in ein Stadium fortgeschritten sind, auf dessen Folgen wir keinen

Einfluss mehr haben. Genauso war es mir auch mit Kevin er-
gangen.

Die Person, die ich liebte, existierte nur noch in meinen
Vorstellungen. So, wie er nun war, erfüllte er mich nur noch
mit Abscheu. Es war, als wäre etwas in ihm gestorben und die
leere Hülle seiner Erscheinung wandelte vor mir weiter, ohne
dass ich sie wiederzuerkennen vermochte. Sein Ich aus der
Vergangenheit existierte nicht mehr, und sein Ich aus der Gegenwart war gebildet aus dessen Asche. Ein irreversibler Prozess, den weder ich noch sonst jemand hätte aufhalten
können. Ebenso war es mit der Liebe.

In diesem Zusammenhang erschienen auf einmal folgende
Verse in meinem Kopf, als würde eine fremde Stimme in mir
sprechen:

Die Liebe ist wie ein Stern
Der deine Seele erhellt
Selbst wenn er bereits erloschen
Sein Lichtlein dir gefällt
Der Scheine trügen darf dich nicht
Lasse bleiben, was nicht mehr ist

Wie wahr das doch war. Es war nun wohl wirklich an der Zeit,
loszulassen. Plötzlich verspürte ich den Drang, Ratio aufzusuchen. Wenn jemand mir helfen konnte, dann war sie es.
Als ich in meinem Dorf angekommen war, schlug ich demzufolge nicht meinen Heimweg, sondern jenen zum Weiher ein.
Wenigstens das Wetter schien es an diesem Tag gut mit mir
zu meinen. Wenn auch die Sonne etwas hinter den Wolken
versteckt war, reichte ihre Wärme dennoch aus, um draußen
zu verweilen. Auf dem Weg zu meinem Steg war ich immer
etwas unruhig, da ich befürchtete, dass schon jemand dort sit-

zen könnte und das Gefühl der Idylle stören würde. Ich beschleunigte deshalb meinen Schritt etwas. Jede Sekunde, die ich als Vorsprung zu einem anderen Interessenten dieses Ortes gewinnen konnte, war wertvoll.

Als ich etwas ausser Atem dort eingetroffen war, stellte ich zufrieden fest, dass ausser mir glücklicherweise niemand anwesend war. Bedächtig schritt ich über die Wiese und trat auf den daran anschliessenden Steg. Einen Moment lang verharrte ich dort und liess den Anblick der stillen Natur auf mich wirken. Nie war hier irgendwas hektisch, alles geschah hier stets in einer solchen Eintracht, dass man sich manchmal schon fast wünschen würde, ein Teil dieser harmonischen Komposition zu sein. Keine Pflanze beschwerte sich jemals, wenn ein Schmetterling auf ihr landete. Keine Spur von Unruhe war zu vermerken, wenn ein Fischlein durch das seichte Wasser des Weihers hindurchglitt oder eine Libelle über dessen Oberfläche kreiste. Niemand fragte nach, keiner forderte etwas. Alles geschah einfach ganz von sich selbst, intuitiv, ohne den tieferen Sinn dabei zu hinterfragen. Dies ist wirklich eine Eigenschaft, die uns Menschen fehlt.

Ich ging an das Ende des Stegs und liess mich sachte nieder, auf keinen Fall wollte ich die Ruhe aus dem Gleichgewicht bringen. Ich liess meine Füsse in der Luft baumeln, der Steg war aber zu hoch, als dass sie das Wasser hätten berühren können. Erst als die mir lang ersehnte Stimme erschien, wurde die Stille dieses Ortes unterbrochen.

Nur in Stille und in Ruh'
Komm ich Ratio auf dich zu
Geleit' dich auf den rechten Weg
Wenn der Wind dich runterweht

„Schön, dass du mich mit deiner Anwesenheit beehrst, Leonie. Doch mir scheint, dass dein Besuch nicht von ungefähr kommt, du siehst verändert aus. Sprich, was deiner Seele zur Last gefallen ist.“

Unglaublich, wie sehr mich Ratio immer durchschaute. Es war, als könnte sie in mein tiefstes Inneres blicken, wohin nicht einmal mir die Sicht gewährt wurde.

In der Tat war ich aber schon eine geraume Zeit nicht mehr hier gewesen, sodass eine Wandlung meinerseits durchaus plausibel war. Um deren Ursprung besser ergründen zu können, erzählte ich ihr in allen Einzelheiten, was seither geschehen war. Hin und wieder hielt ich kurz inne, um mich etwas zu sammeln. Es fiel mir schwer, alles Vergangene auf einmal Revue passieren zu lassen.

Erschöpft seufzte ich auf, als ich mit meiner Rede zu Ende war. Ich hatte bestimmt eine Stunde gesprochen, ohne dass mir Ratio auch nur einmal ins Wort gefallen war, eine Eigenschaft, die ich sehr an ihr schätzte. Niemand konnte einem so geduldig zuhören wie sie. Jeder andere würde tausende von Fragen dazwischen stellen, sodass man irgendwann selbst den Faden verlieren und nicht mehr wissen würde, worauf man überhaupt hinausgewollt hatte. Doch sie saugte jede einzelne Information wie Puzzleteile in sich auf, um diese anschliessend zu einem Ganzen zusammenzusetzen und dessen Gesamtbild zu analysieren.

Genau dies tat sie gerade auch, weshalb ich nun schweigend mit meinem Blick auf den Weiher gerichtet verharrte, damit sie ungestört ihren Überlegungen nachgehen konnte. Diesmal schien es etwas länger zu dauern als für gewöhnlich, in der Regel setzte ich ihr aber auch nicht so viele Puzzleteile vor, zudem noch in solch einem verworrenen Haufen. Doch es wäre nicht Ratio gewesen, wenn sie nicht auch diese Herausforderung gemeistert hätte, denn nach einer Weile der stillen Besinnung setzte sie zum Gespräch an:

„Nun, du befindest dich momentan in einer schwierigen Phase in deinem Leben, die jedem früher oder später mal widerfährt. Die Kunst ist es nun, dich nicht von ihr dominieren zu lassen, sondern selbst Oberhand darüber zu gewinnen. Vor allem aber musst du nun nach vorne blicken. Wer sich nämlich in die Vergangenheit verirrt, versperrt sich den Weg in die Zukunft. *Factum fieri infectum non potest,* Geschehenes kann nicht ungeschehen gemacht werden, daher muss man einen Weg finden, mit ihr umzugehen und auf ihr deine weitere Reise aufzubauen. *Fata viam invenient.* Das Schicksal findet seinen Weg. Du musst ihm nur seinen Freiraum gewähren und es annehmen, wie es kommt. *Quo nos fata trahunt retrahuntque sequamur.*“

„Das stimmt ja alles, was du sagst. Doch wie soll ich den weiteren Weg bestreiten, wenn ich nicht einmal verstehe, wie ich hierhin gekommen bin, wo ich jetzt stehe? Ich kann nicht einfach das Geschehene ruhen lassen ohne zu wissen, weshalb es überhaupt so verlaufen ist. Wie ist es möglich, dass ich mich so sehr in jemandem habe täuschen können?“

„Irren ist menschlich. *Errare humanum est.* So geschult unser Auge auch ist, kann sich niemand sicher sein, dass das, was es sieht, auch der Wahrheit entspricht. Die Dinge sind nicht immer das, was sie zu sein scheinen. *Non semper ea sunt, quae videntur.* Du hättest den Ausgang dieser Situation nicht abwenden können, ausser du würdest dich vor allem verschliessen und dich auf nichts mehr einlassen. Aber da das Leben nun mal auf die Interaktion mit den Mitmenschen angewiesen ist, kommst du nicht darum herum. Stattdessen sollst du dich dem annehmen, wie es sich dir erbietet, jedoch nicht blind darauf vertrauen, denn an allem ist zu zweifeln. *De omnibus dubitandum.* "

„Das tue ich doch, ich lasse mich nie auf etwas ein, ohne dass eine gewisse Bedachtsamkeit mich begleiten würde. Aber es kann doch nicht sein, dass man stets mit dem Hintergedanken leben muss, dass sich allenfalls die momentane Gegenwart plötzlich als ein Trugbild der eigentlichen Wahrheit herausstellen könnte."

„Natürlich nicht, du darfst dein Handeln selbstverständlich nicht komplett deiner Skepsis unterordnen, sondern dich lediglich darauf berufen, wenn es dir gerade wirklich notwendig erscheint. Solltest du dich aber trotzdem mal täuschen, wird sich dies früher oder später von selbst ergeben, denn niemand kann auf Dauer eine Maske tragen. Vorgespieltes sinkt schnell an seine wahre Natur zurück. *Nemo potest personam diu ferre, ficta cito in naturam suam recidunt.* "

„Glaubst du also, dass meine ganze Beziehung mit Kevin nur ein Schein war, dass ich an etwas festgehalten habe, was es in dieser Form gar nie gegeben hat?"

„Nun, so direkt kann man das natürlich nicht behaupten und auch nicht belegen. Was genau aus welchen Gründen geschehen ist, darauf kann dir weder ich noch sonst jemand eine Antwort geben, vermutlich nicht einmal Kevin selbst. Ich kann mir aber nicht vorstellen, dass er dir bewusst auf irgend eine Art und Weise schaden wollte. *Tempora mutantur, et nos mutamur in illis.* Die Zeiten ändern sich und wir uns mit ihnen."

„Wie kann es denn sein, dass sich jemand so sehr von seiner eigenen Persönlichkeit entfernt? Irgendeinen Auslöser muss es dafür doch gegeben haben, ich kann mir aber beim besten Willen nicht vorstellen, was das gewesen sein könnte."

„Vielleicht hat er sich gar nicht verändert, sondern ist schon immer so gewesen.

Möglicherweise hat das schon immer in ihm geschlummert und ist einfach im Laufe seiner Entwicklung immer mehr zum Vorschein gekommen, sodass er irgendwann nicht mehr dagegen ankommen konnte und es vermutlich auch nicht wollte. Besonders in diesem Alter ist die Seele auf der Suche nach ihrer wahren Erfüllung. Die Persönlichkeit trägt noch kein gefestigtes Gewand, sondern ist stets externen Einflüssen ausgesetzt und beginnt sich kontinuierlich nach ihnen zu formen. Das ist ein völlig automatischer Prozess. Natürlich sind gewisse Eigenschaften bereits in einem verankert, weshalb auch jeder auf unterschiedliche Reize reagiert. Folglich bewegt man sich zunehmend auf die Richtung zu, von welcher man sich angezogen fühlt. Allein die Dosis macht das Gift. *Dosis sola venenum facit.* Natürlich ist dieses Zitat ziemlich subjektiv aufzufassen, denn was für dich als Gift erscheint, ist für Kevin das Leben, welches er offenbar führen möchte. Und je mehr er sich damit befasst, desto stärker wird er sich danach ausrichten. Somit ist es auch nicht verwunderlich, dass sich sein Umfeld mit der Zeit verändert hat, Gleich und Gleich gesellt sich nun mal gern. *Similis simili gaudet.* Da du aber nicht die gleiche Wandlung vollzogen hast, hat es unweigerlich so enden müssen. Jetzt ist es an dir, dies zu akzeptieren und dich von ihm abzuwenden. Suche dir einen neuen Weg, denn so wie du an ihm in deinen Erinnerungen festhältst, wird er in der Realität nie mehr sein. Anfangs wird es dir sicherlich noch schwer fallen, aber wie Seneca schon gesagt hat: *Tempus facit aerumnas leves.* Die Zeit lindert den Kummer. Halte durch und sei hart. *Perfer et obdura.* Ich werde dich so gut unterstützen, wie ich nur kann. Letztendlich bist es aber du ganz alleine, die diesen Prozess bewältigen kann, indem du dir all dessen bewusst wirst. Nur wenn du dies realisiert hast, kannst du deine weitere Reise fortführen. Die Erfahrungen, die du aus alle dem gewonnen hast, werden dir in der Zukunft von Nutzen sein."

Nachdenklich liess ich Ratios Worte auf mich einwirken. Wie immer traf sie mit ihren Worten genau in die Mitte der Wahrheit. Unwillkürlich wurden dadurch meine Gedanken auf meine Urgrossmutter gelenkt. Ich sah sie förmlich vor mir, wie sie mir mit ihren warmherzigen Augen zulächelte. Ein sanfter Windstoss umspielte meine Finger und es war, als würde sie meine Hände in die ihrigen schliessen.

Auf einmal begann ich ihre Worte zu verstehen, die ich bisher zwar immer in meinem Herzen getragen hatte, jedoch nie so recht auf mich hatte übertragen können. ‚Es ist, wie es ist'. So schlicht diese Aussage auch klingen mochte, so intensiv setzte sie sich mit dem Wandel der Zeit und der Akzeptanz jeder neuen Begebenheit auseinander. Auch wenn diese anfänglich unbegreiflich zu sein scheinen und man den Verlust der einstigen Realität kaum auszuhalten glaubt, ist deren Existenz legitim. ‚Gott hat es so gewollt', meinte sie stets mit solch einer Abgeklärtheit, dass nur schon der Laut ihrer Worte neue Kraft und Zuversicht aufkommen liess, welche den Heilungsprozess der verwundeten Seele einläuteten. Aus diesem Grund berief ich mich nun auch darauf und ich spürte, wie sich ihre Liebe und Zuversicht in mir entfaltete.

Allmählich begann ich einzusehen, dass eine Beziehung mit Kevin auf Dauer nicht funktionieren würde, selbst wenn wir ihr nochmals eine Chance gegeben hätten. Daher war es besser so, dass bereits jetzt diese Tatsache uns eingeholt hatte und nicht erst zu einem späteren Zeitpunkt. Denn mit jedem zusätzlichen Tag, den man an der Seite seines Partners verbringt, wird das Loslösen schmerzhafter. Genau wie Ratio gesagt hat, lag nun ein weiter Weg vor mir, der besonders zu Beginn nun etwas beschwerlich sein würde. Ich würde jedoch alles dafür tun, um ihn dennoch zu bezwingen. Wenn einem die Tür vor der Nase zugschlagen wird, liegt es an einem selbst, ob man entmutigt davor stehen bleiben oder sich eine neue suchen möchte. Natürlich ist Letzteres eindeutig die anstrengendere Variante, langfristig gesehen wird man aber froh sein, diese gewählt zu haben.

Epilog

Ich sitze auf dem Steg und lasse gedankenversunken meinen Blick über die Gegend schweifen. Das erste Mal verweile ich hier, ohne irgendwelchen Kummer mitgebracht zu haben. All die Last der vergangenen Jahre hat sich gestern von meinen Schultern gelöst, als mir mein Maturadiplom überreicht wurde. Ein wunderschönes und zeitgleich auch merkwürdiges Gefühl, auf einem einzigen Papier zusammengefasst zu sehen, wofür man sich die vergangene Zeit eingesetzt hat. Es eröffnet mir nun die Türen zu einer Zukunft, die ich nach meinem Belieben gestalten kann. Es bedeutet aber auch das Abschiednehmen einer Ära, mit der ich mich zumindest zum Schluss im Grossen und Ganzen vertraut gefühlt habe.

Auch wenn ich immer den Moment herbeigesehnt habe, in dem ich zum letzten Mal das Schulhaus verlassen würde, verspüre ich nun neben der unendlichen Erleichterung auch eine gewisse Melancholie. Denn ich habe nicht nur meinen Ausbildungsort hinter mir gelassen, sondern auch meine Freunde dort, die ich jetzt vermutlich nicht mehr so oft sehen werde. Jeden wird es nun in eine andere Richtung wehen. Die einen etwas weiter weg, andere werden möglicherweise noch in der Umgebung bleiben. Das mit der Kontaktaufrechterhaltung ist ja immer eine Wissenschaft für sich. Manchmal dreht die Erde einfach schneller, als dass alle im gleichen Takt mithalten könnten. Dennoch ist es schön zu wissen, dass es Menschen gibt, die dich schätzen, auch wenn man vielleicht räumlich voneinander getrennt ist oder sich unterdessen in etwas anderen Kreisen bewegt.

In der Tat haben sich nämlich Ratios Prophezeiungen und auch jene meiner Eltern in späteren Gesprächen bestätigt: wenn man sich erst einmal anderen gegenüber öffnet, werden sie auch auf dich zukommen. Natürlich kann man nicht einfach den Schalter im Kopf von heute auf morgen umlegen, aber mit dem nötigen Willen und der Unterstützung von deinen Vertrauten ist es möglich, dies zu erreichen.

Auch jetzt gibt es logischerweise noch Leute wie beispielsweise Kevin oder irgendwelche Lästerzungen, um die ich lieber einen Bogen mache, doch deren Präsenz macht mir nichts mehr weiter aus. Schliesslich ist es überhaupt nicht möglich, mit jeder Person zurechtzukommen und schon gar nicht, von jeder akzeptiert zu werden. Aber man kann lernen, sich auch mit diesen Menschen zu arrangieren, ohne sich davon irgendwie beeinflussen zu lassen. Wichtig ist dabei nur, dass man sich seiner selbst bewusst ist und sich in den Kopf ruft, was man eigentlich schon alles erreicht hat. Denn erst, wenn man sich über seine Vorzüge und Fähigkeiten klar wird, kann man diese auch auf andere projizieren. Man muss einfach wissen, wem man Einblick in sein Leben gewähren lassen möchte und wem eher nicht. Aber das ist etwas, was in der Regel dein Bauchgefühl intuitiv von selbst entscheidet. Klar, auch dieses kann sich irren, denn wie Ratio gesagt hat, ist irren nun mal menschlich. Mit der Zeit schärfen sich jedoch die Sinne immer mehr, sodass solche Fehler zunehmend vermieden werden können. Wichtig ist aber vor allem, dass man nicht jemand anderes für sein eigenes Glück verantwortlich macht, sondern mit sich selbst im Reinen ist.

Ich betrachte mein hölzernes Armband am Handgelenk, welches mich seit dem Verlassen meiner alten Schule immer und überall hin begleitet hat; die Wunde darunter ist kaum mehr sichtbar. Mein Blick wandert zum seichten Gewässer, das in seiner gewohnten Schönheit in der Sonne mir entgegen glitzert. Mit einem Mal realisiere ich, wie sehr dieser Ort mein eigenes Leben wiederspiegelt: Das offene Wasser symbolisiert die Freiheit und Leichtigkeit, die sich nun in meiner Zukunft einfinden werden. Der umgebende Wald zeigt hingegen die Schranken, meine Vergangenheit, die ein Teil von mir geworden ist, mich leitet und vor gewissen Gefahren bewahren wird.

Normalerweise würde an dieser Stelle die Stimme von Ratio ertönen, doch diese lächelt nur noch stumm vor sich hin. Sie weiss, dass mein Leben nun in Ordnung ist und ich ihren Rat momentan nicht mehr brauchen würde. Ich hoffe, dass dies auch so lange wie möglich so bleiben wird. Stattdessen lausche ich über meine Kopfhörer gerade dem Refrain meines Lieblingsliedes, welches ich in der vergangenen Zeit immer wieder gehört habe und das mir die Kraft gegeben hat, nach vorne zu blicken. Denn es entspricht wirklich der Wahrheit:

Hold on to that heartbreak
Hold on to that hell you have to pay
Sometimes it's the only thing that gets you by
The only thing that gets you by
Hold on to that heartbreak
Hold on to that hell you have to pay
All the tragedies make you who you are
Remember every scar

Rückblickend könnte ich also sagen, dass mein Leben möglicherweise viel einfacher gewesen wäre, wenn ich in gewissen Situationen andere Wege eingeschlagen hätte. Doch wenn ich eines gelernt habe, dann ist es die Tatsache, dass man vergangene Taten nicht hinterfragen soll, auch wenn sie noch so schmerzhaft enden mochten, sondern sie akzeptieren und immer als einen Teil seiner Vergangenheit und der gegenwärtigen Persönlichkeit mit sich tragen soll. Denn sie machen dich zu dem, was du bist.

Mein Dank gilt:

Meinem Betreuer Herrn Urs Albrecht, der mir stets mit Rat und Tat zur Seite gestanden hat.

Meinen Eltern, die mich mit Tipps und Anregungen versorgt haben.

Meinem Bruder Patrick, ohne den ich das technische Wissen nicht gehabt hätte, dieses Buch zu gestalten.

Janic Rüegg für die Fotografie.

Prof. Dr. Urs Albrecht für weitere Anregungen.